这就是孤独

La soledad era esto

〔西班牙〕胡安·何塞·米利亚斯 著

范湲 译

人民文学出版社

著作权合同登记号　图字 01-2020-7432

Juan José Millás
LA SOLEDAD ERA ESTO

Copyright © 1990 by Juan José Millás
This edition published in arrangement through Casanovas & Lynch Literary Agency S. L.
All rights reserved.

图书在版编目(CIP)数据

这就是孤独 /(西)胡安·何塞·米利亚斯著;范湲译. —北京:人民文学出版社,2024
ISBN 978-7-02-018511-5

Ⅰ.①这… Ⅱ.①胡…②范… Ⅲ.①长篇小说-西班牙-现代 Ⅳ.①I551.45

中国国家版本馆 CIP 数据核字(2024)第 022451 号

责任编辑　卜艳冰　杜玉花　欧雪勤
装帧设计　汪佳诗

出版发行　人民文学出版社
社　　址　北京市朝内大街 166 号
邮政编码　100705

印　　制　凸版艺彩(东莞)印刷有限公司
经　　销　全国新华书店等
开　　本　890 毫米×1240 毫米　1/32
印　　张　4.75
字　　数　75 千字
版　　次　2024 年 3 月北京第 1 版
印　　次　2024 年 3 月第 1 次印刷
书　　号　978-7-02-018511-5
定　　价　59.00 元

如有印装质量问题,请与本社图书销售中心调换。电话:010-65233595

纪念坎迪达·加西亚

难道他真的要让人把这间温暖的、配备着舒适的祖传家具的房间变成一个洞窟,他在这个洞窟里虽然可以向四面八方不受阻拦地爬行,可是同时也得迅速、完全地忘记自己已往的人性?

——卡夫卡《变形记》[1]

---

[1] 原文为西班牙语。此处采用了张荣昌的译文(上海译文出版社2018年版)。

第一部

一

电话铃声响起时,埃莱娜正在浴室刮腿毛。电话那一头的人通知她,她母亲刚刚过世了。她下意识地看了看表,力图要在脑海里记下时辰:傍晚六点半。这个季节,虽然白昼已经开始拉长,但这天从中午起,乌云就一直盘踞在城市上空,这时候倒已经有了几分夜幕笼罩的味道。真是告别红尘的好时辰啊!她一边想着,手握着话筒,听着丈夫在电话另一头,刻意想表现出一副既能干又体贴的样子。

"我过去接你,"他说道,"然后,我们一起到医院去。你弟弟已经在那儿了。"

"我妹妹呢?"她连忙问,"有没有人通知我妹妹?"

"我刚刚跟她丈夫通过电话了,他们搭今天晚上十点的飞机从巴塞罗那过来。这些琐碎杂事你就别操心啦,赶快准备一下,等会儿我就到了。"

埃莱娜挂了电话之后,悠悠地坐在沙发上,咀嚼着这突如其来的噩耗；她伸出右手剥去右脚上的硬皮，视线扫过客厅墙壁，却什么也没看进去。回到浴室，除毛蜡已经硬了，于是她决定不管左脚上还没刮掉的毛了。她脱掉浴袍，站在莲蓬头下，不自觉地摆出了看似无依无靠的姿态，但她始终未掉一滴泪。这似乎证实了一个古老的想法：当真的发生时，她母亲的死亡是一种官僚的手续，一项确认过去曾经发生的文书工作。因为，对埃莱娜来说，母亲早就死了。

她选了一双深色丝袜，这样就看不出来她有只脚没有刮毛了。穿上有点性感的内衣，就在自己面前，她企图借由衣橱底层那套多年未穿的深色套装表达母丧的谎言，当场被戳穿了。

她不想化妆，也不打算描眼线了，不过，她还是刻意梳理那一头长发，细心地盘成了髻。她无意表达悲伤之情，如此不修边幅，只是方便赶快出门而已。她担心自己那玫瑰色的红唇会不会显得突兀，但最后她决定就让它自然呈现吧，这样真的很美，虽然是四十三岁的成熟美。四十三岁了，那双明眸美丽不减，那两片红唇，线条依旧充满挑逗意味。她把裙子又揉又拧的，刻意强化赶时间的紧急气氛，来到客厅之后，她拿起一支大麻，点着了烟，靠在窗边，凝望着窗外闪烁的灯火。她住在位于马德里北方的一栋高楼，从窗口望出去，常因季节更迭而改变景色的郊区美景尽收眼底。此刻正值二月，天色已暗，万家灯火映在紧闭的窗户上，一幢幢幽静的建筑物，不由得让人愁绪满怀。她想起女儿梅塞德丝，克制了心中那股想打电话给她的强烈欲望，她心想，女儿说不定刚刚挂掉她爸爸打过去的电话呢！

她拧熄了大麻烟，试着想在自己的思绪里找寻一些感受，不管是喜是悲，只要是适合在这样痛失至亲的时候该有的情绪就好。可惜，她的脑袋就是一片空白。她母亲的死，似乎更像是个事件，一个发展已久的单纯事件，仿佛和真实的日常生活毫无关联。大麻已经在她颈背起了作用，她开始预想未来几小时即将出现的景象，她将会陪伴在死者灵柩旁，也就是她死去的母亲身旁。在那儿，生命不再是热情澎湃，没有恨也没有爱；大家将以中庸之道观照人生，没有情绪起伏，虽然偶尔好奇心作祟时，我们可能会偷偷观察旁人表达感伤的机械式反应。

就在这时候，她丈夫恩里克回来了，他面容哀戚地紧紧拥着她，试图要抚慰她那其实尚未滋生的哀伤之情。埃莱娜感动地微微一笑。"你应该早知道我对我母亲的死会是什么样的感受吧。"她说。"但这一切实在让我难以置信啊。"他答。

埃莱娜担心大麻的作用很快就要消失了,于是又点燃了一支,借口说是要给恩里克抽的。"我们可以在车上抽。"她说,然后两人就一起出门了。

她母亲的遗容终究还是带着微笑的。她穿着一身白色的寿衣,看起来就像个清纯的见习修女,这一身白衣,倒让死者的遗容显得甜美柔和多了。她躺在那儿动也不动,果真就如一具死尸,只是那布满皱纹的前额,似乎仍带着生前既有的压力。有只眼睛并未完全合上,整张脸因此显得不对称,这让埃莱娜想起自己尚未刮毛的左腿。究竟,真实人生尽是不对称的?或者不对称性根本就是人类智慧中最完美的创造?难道所有可以对半均分的东西确实都是两边均等吗?我人生的另一半在哪里?她扪心自问,眼睛却盯着她的那个女儿,此刻正执行着丧家应有的礼数,神情哀戚地接待到场致意的亲友们。我死去的母亲,此时此刻留给大家的会是和谐的空间吗?是不是所有死者都是自己在这个悲苦尘世的反映?与悲苦和谐对称的感觉究竟为何？

最后两个问题，让她有些沾沾自喜了起来，尽管从外表看来，她的情绪始终未见起伏。"你知道吗？接到消息时，我正在刮腿毛呢！"她这样回答一位过来向她亲吻致意的朋友。

和她弟弟的碰面，倒是让她的情绪稍稍飞扬了起来，那紧紧一拥，证明姐弟俩确实感情深厚，即使在这样的场合，也没有刻意收敛。反之，她妹妹就显得既冷淡又疏远，仿佛埃莱娜亏欠了她快乐的童年似的。她女儿梅塞德丝，依旧不见要走过来的意思，倒是不时投来充满恨意的眼神，埃莱娜也只能尽量闪躲了。她母亲和她女儿，两人同名。这样的对称性，或许正象征着某种更高层次的意义吧；当她犯错时，两个梅塞德丝都惯于用眼神谴责她、用疏远惩罚她。我是这个对称关系的中心，我是核心，这个关系因我而形成。"你好吗，妈？"她女儿终于走过来打招呼并亲吻她。"你知道吗？电话铃响时，我正在刮腿毛呢。好多事情都做到一半，我只好先搁着，哈草也是。"她心想，"哈草"这两个字用在这种丧葬场合，应该不会不合适的。"我丈夫和我今天晚上会留下来，"她女儿说道，"你可以回去休息。很多事情要处理，文件啦，还有像现在这些琐事啦。

事情大致都办得差不多了，你不用担心的，妈。"

　　她跟我妹妹一样，那又是另一个对称关系，我完全无法像她们伤害我那样予以还击。我妹妹也叫梅塞德丝，跟我母亲和我女儿同名。我呢，我又是跟谁同名了呢？在这些人当中，我到底像谁？在众多悲伤的容颜里，会不会有人也叫埃莱娜，而且有一边的腿毛没刮？我是某人的附属品？或者只是这个混乱关系中的一方？我到底亏欠她们什么了？我究竟哪里对不起这些女人？我该付出的代价，难道还不够吗？这些女人，一个让我的青春酸涩苦楚，另一个则在我开始衰老时，却大方地展现花样年华。我受够了，就让一切顺其自然吧：我母亲已经去世了，此刻正躺在隔绝生者和死者的那扇玻璃里面；家属和亲友们，一个个神情哀戚；我丈夫正细心周到地招呼着大家，我在他身旁，脸上是一双没挤出半滴泪水的眼睛，身上穿着皱巴巴的裙子，左腿长满了腿毛。至于内衣呢，就别提了吧。"父母过世，常是人生一大转折。"有人在她脸颊上轻轻滑过一个吻，顺便在她耳边丢下了这句话。近看生命的真相，反而更好，埃莱娜说道，嘴角不经意刻出浅浅微笑，然后径直往角落走去。

　　如果内心平静、整夜睡眠皆未中断就叫作睡得好，那么，那天晚上，她睡得算是很安稳了。早上醒来时，虽然没有昏头昏脑的，但总觉得自己像是个局外人似的，在她死去的母亲即将下葬的日子，她竟然必须在起床前重新在脑海里构筑自己的真实人生。她的丈夫恩里克，此时正在浴室里，站在莲蓬头下冲澡，哗啦啦的水声，像极了从远方回旋而来的雨声。她极力想要回忆昨夜是否有梦，但脑海终究是一片空白，只有她的躯体，如此真实地嵌在弹簧床垫上，仿佛成了她的生命唯一的印记。昨夜隐遁在记忆深处的那几个小时，她就是躺在这里的。她身上穿着恩里克的睡衣，虽然尺寸过大，但她就是喜欢这种宽松自在的感觉。事实上，她穿男用睡衣已经有好一阵子了，在店里多半宣称是帮丈夫买的，其实都是留着自己穿。

起床后，总觉得哪里不太对劲。或许，昨晚发生了一些与这个丧葬日子不匹配的、她这个充满愉悦的躯体无法解读的事吧！

恩里克不在浴室里。她这才惊觉，原来，在床上听见的冲水声，真的是窗外的雨声。好一场细雨，呼应着死亡。她走进客厅，探头到阳台。气温已经回升，气候又开始变得清爽起来了。她深深吸进一口气，感觉到潮湿的空气确实渗透到肺部深处，在此产生了化学作用之后，必定能让她起床时的快感更加深刻。

"我帮你煮好咖啡了。"恩里克在她身后说道。

"啊,早啊!今天真不是安葬的好日子啊!"埃莱娜回应道。

"碰到这种事情,恐怕没有哪一天是好日子吧!"他说道,接下来则是一阵夫妻俩之间常有的沉默,两人就这样无言地凝望着窗外的雨,轻柔地落在屋顶及墙壁上,形成一幅特有的都会景致。

喝完咖啡之后,埃莱娜进了浴室,脱了衣服,本来想冲澡的,但这时候惊见自己左腿上的腿毛,莫名其妙地居然就坐在浴缸旁放声大哭起来;她的脸部肌肉换了两三个表情,只是想看看有没有办法收住泪水,可惜,眼眶中的泪水老是一直落,简直就像容器中满溢而出的液体。她真的很想克制这流不停的泪水,却把自己惹恼了,她愤愤不平地拒绝让别人的悲伤影响自己的情绪。不过,冲完澡之后,心情完全不一样了。先前的平静弃她而去,空虚的内心,马上被难以言喻的复杂情绪填满,将她推入了沮丧的深渊。她想起了七八年前过世的父亲,那大概是她此生第一次感受到"孤儿"这两个字的可悲。她决定还是要把腿毛刮了,但脑海旋即又兴起了一个喊停的怪异念头。于是,她索性站了起来，也该打个电话到殡仪馆去，问问女儿昨晚一切可好。想到这里，她淡淡一笑，但也就从此刻起，她知道，从前一天开始，她的生命中似乎有什么事情正要发生，虽然她并不晓得究竟是什么事，而且，对她的生命又会造成何种程度的影响。接着，她想到自己的丈夫，根本不算是个好女婿，他早该主动提出一起守灵的。与此同时，她梳了头发，感觉就像下了极大决心才完成的。

最后，她还是决定不去参加葬礼。恩里克可以代她向大家解释，说她一夜没睡好，而且大清早还闹肚子疼呢。"她本来执意要来，但我坚持要她待在家里休息。"他会这样向大家解释，虽然她妹妹和她女儿这两个梅塞德丝一定不会相信的。

二

葬礼后的那几天，过得还算平静。细雨缓缓地飘着，机械式的节奏，不见一丝强悍。渺小的雨滴，顺从地落在屋顶上、街道上，以及同样以谦卑屈服的心态接受它的路人身上。尚未刮除左腿腿毛的埃莱娜，心怀巍巍颤颤的平静，总爱在落地窗前或卧室里，定定望着这绵绵细雨。

二月悄悄地失去了踪影，突然间，月份得换新名称了。三月天，埃莱娜期盼阳光再现，渴望现实生活从此摆脱那藏匿在暗处的阴霾。在客厅里，收纳餐具的大型橱柜，看似已经潮湿发霉了，从远处望去，原本深沉的颜色似乎也改变了，变得和沙发的颜色更搭调。此外，同样也是远观，这些家具给人的印象倒像是在冒汗，仿佛木材的内部正在进行化学作用，因而呈现出这讨人喜欢的样子。埃莱娜走近橱柜，触摸了它之后，好感却顿时消失了。于是，她开始很反感地把橱柜的门一一打开。

有一天，她接到妹妹梅塞德丝打来的电话，似乎急着想把分家产这件事做个了断。埃莱娜告诉她，关于这件事，她也得知会她们的弟弟胡安才行，没想到，她早就跟他谈过了，而且已经达成了相当的共识。

"我们觉得，"她说道，"如果三个人都对妈留下来的房子没兴趣的话，那就把它卖掉吧。"

"也好。"埃莱娜答道。

"我觉得你怪怪的，没事吧？"

"头痛的老毛病又犯了，烦死了。"

她妹妹给了几个治头痛的方法，还说下一个周末会到马德里来，她认为，出售母亲的旧房子之前，三个人应该一起把旧家具先处理掉。这么一来就表示要分配家具了，埃莱娜觉得这种感觉好像抢劫似的，毕竟房子里那些家具，曾经是属于一家人的东西。

这天晚上，她腹痛如绞，隔天起床时，整个人只觉得筋疲力尽。丈夫已经去上班了。她到厨房去吃了点早餐，然后点了一支大麻烟，又回到床上躺了下来。床上已经冰凉，于是，她索性裹着睡袍直接钻进被窝里。虽然很累，而且大麻烟也让她放松不少，但还是无法入睡，因为脑子里尽是一连串挥不去的影像，不断地回旋着。这些影像都是些不完整的无意义画面,却使得她格外焦躁,而且莫名其妙地就把注意力都放在肚子上了。她心想,如果能去呕吐的话,说不定会舒服点,可是她连起身都觉得困难,因为整个人晕眩得厉害,她怕这一站起来会不小心跌倒在地。最后,她甚至痛苦到难以忍受的地步,只好起身坐着,两脚踩在地上。这时候,她发现房间里空气不流通,连身体都闷出汗来了,但同时也轻松了点儿;霎时,她的恐惧感完全消失了,接着马上就不自觉地侧身倒在床上,两腿挂在床沿。倒下来之前,她曾有一两秒完全幸福的感觉,接着,她隐约听见电话似乎响了,随它去响吧,这个时候,她只想耽溺在遗忘中。

半个小时之后,她醒了过来,冷得全身直打哆嗦,原来稍早晕倒就是因为太冷了。她抓起毛毯和床单往身上盖,然后点了一支烟,本来只想试试能不能抽烟,结果倒发现自己感觉还蛮享受的。身上流过了汗,又冷了回来,她想,洗个热水澡一定会很舒服。肚子还是不舒服,但至少已经好多了。据说,肚子若隐隐作痛,有可能是因为体内需要大扫除。

到了中午,她总算起床了,随手把家里收拾了一下。她丈夫通常在外头吃午饭,女佣一个星期只来两天。白天,都是她自己的时间。她决定出门去透透气，因为她还是觉得家里闷得很。然而，她这下倒不想洗澡了，因此，当她更衣时，突然觉得自己好脏。出门前，她卷了一支大麻烟带着，或许上街后会想抽也说不定。

  雨已经停了，但还是满天乌云。天色阴暗，却很清爽，呼吸着潮湿的空气倒是挺舒服的。她往弗朗西斯科·西尔维拉街的方向悠闲漫步着，发现自己的两条腿走起来还蛮轻快的。她随意在两三家店的橱窗前驻足观赏，一时竟觉得肚子饿了。她想起自己最喜欢的一道料理，却也发觉胃部这时候似乎有些骚动。吃东西的念头让她有种幸福的感觉，于是，她进了一家看起来还不错的咖啡馆。她坐在吧台边，点了一道快餐和一杯啤酒。她觉得口渴，于是先喝一口满是泡沫的啤酒，打了个寒战，却也觉得痛快得很。吧台前挂了一面镜子，定睛一看，这才发现自己没打扮就素着一张脸出门了，头发也显得有些凌乱。看看自己邋遢的样子，再想想左腿没刮腿毛，也没洗澡，让她觉得整个人实在肮脏得不得了，但想到这些，连她自己都觉得好笑，咖啡馆里的人，谁会知道这些细节啊？像她这样一个衣着入时的女人，没有人会怀疑她卫生习惯不好的。就把这件事当作她和镜子之间的秘密吧。咖啡馆里播放着充满情调的动人音乐，甜点送上来的时候，开始响起了披头士的歌曲，埃莱娜在心里默默地翻译着歌词。

"你想象自己在一艘小船上，航行在一条两岸长满柑橘树的河上，天空如果酱般诱人。有人在呼唤你，你缓缓地应着……黄色和绿色玻璃纸扎成的花朵在你头顶飞舞……报纸糊的出租车在岸上等着要载你离开……"

这首歌让她心情不由得愉快起来，而咖啡帮她找回了身体遗忘已久的活力。但是，当她走到外面的街上时，观望着来往的行人，再看看红绿灯，凝视眼前这近乎瘫痪的交通，她又觉得现实就像一摊死水。她点燃了大麻烟，从玛丽亚·德·莫利纳街往下走到卡斯特拉纳大道。大麻的作用集中在额头上；她想象自己的额头是一面玻璃，透过这面玻璃，她可以看到，脑海中死气沉沉的灰黑色世界，不知不觉中成了黄色和绿色交错的艳丽。她在心里复诵着披头士的歌曲——"想象你自己在车站的火车上，到处都是彩色纸黏土做成的搬运工，脖子上打着玻璃领带，有人出现在售票口……"但先前的大快朵颐，现在让她不舒服了，恨不得要掏空内脏，尤其是胃里的东西。因为消化不良，她开始有想吐的感觉。她心想，如果可以把肚子里的东西都吐干净的话，就能恢复原来那种舒适感了，可是，偏偏附近一家咖啡馆都没有。她转进旁边的巷子,然后走进一所幼儿园;入口的大门敞开着,她顺势就进去了。有几个成年人从她身边擦身而过,大都以为她是哪个小孩的妈妈,嘴里虽然没说什么,但还是一副大惊小怪的眼神看着她。后来,她觉得好像快要晕倒了,于是赶紧冲进了厕所隔间。马桶很小,而且都没有盖子。埃莱娜在马桶边上坐了下来,头靠在墙上,努力忍着不让自己晕倒。直到觉得自己稍微清醒了一点,她才撩起裙子,褪下内裤和裤袜。"我终于办到了,"她心里这么想着,"就是这样,我终于办到了。"可是,她肚子里的肠胃似乎并不打算干活儿,因此,痛苦的指数并没有如愿降到底部,虽然埃莱娜已经使尽了全身的力气,就是拉不出来。于是她想到"呕吐"这个方法,但她推测自己只要换个姿势,大概就晕倒了。与此同时,一排并列的影像开始在她脑海中盘旋,没刮毛的腿、湿答答的街道、故障的红绿灯、塑料的部长、果酱河里的糖果船、黄色和绿色玻璃纸包裹着的母亲遗体……这些影像盘旋的速度突然加快了起来,埃莱娜尽力睁大着眼睛,指甲掐着大腿。她觉得身体一阵发烫,通常这是晕倒之前的征兆,这股发烫的感觉,慢慢从肚子蔓延到脸部,汗珠一颗颗地直冒。当她几乎快要失去知觉时,盘旋的速度放慢了。埃莱娜张开嘴巴，大大地吸了一口气，同时还告诉自己：好了，事情终于过去了，这件疯狂的事，终于过去了。

这时候，她听见孩子的叫声，她在心里猜想着，八成是到放学时间了。的确，他们立刻就拥上来猛敲埃莱娜这间厕所的门。门下有缝隙，她将两腿尽量往上缩，屏息等待着，不知道眼前这景象会是恐怖片还是喜剧片。然而，她还来不及做决定，那一排疯狂盘旋的影像又回到脑海里了。她屏住呼吸，将力量集中在装满痛苦感受的腹部，但依旧徒劳无功。当她睁开眼睛时，她看见一个小女孩正从厕所门和地板间的空隙探头进来。两人对望了几秒钟，然后小女孩缩头跑掉了。接着，她听到有个稚嫩的声音大喊着："厕所里面有个脸色好白好白的太太！"这时候，她站了起来，打开门，本来想要走出去，偏偏她的裤袜夹缠在脚踝上，让她一时失去了重心，突然就跌倒了。失去知觉前的那几秒钟，她觉得很高兴，终于可以把自己的身体交给别人去处理了。

醒来的时候，她满身大汗，全身都湿透了。疯狂和痛苦已经撤走。她稍微自我介绍之后，频频道歉，再三说明自己一时肠胃不舒服，实在找不到厕所，才会来这里……

"我们是看您衣着打扮还蛮整齐的，应该不是什么坏人才对,"他们说道,"要不然,我们早就打电话找警察了;唉!这年头治安这么差……"

他们给她喝了菊花茶,还打电话帮她叫了出租车,五分钟之后会到。外面又开始下雨了,到处又变得湿答答的。埃莱娜觉得轻盈了些,甚至还对自己的身体很乐观呢,通常每一次晕倒后都是这样的感觉。折腾了半天,她一回到家就躺在床上睡着了,直到她丈夫恩里克下班回来。

"你不舒服啊?"他问。

"肚子又痛了。"

"你为什么不去看医生呢?"恩里克语气坚定,脸上的表情看起来却很有耐心。

"我什么医生都看过了,每一个都说我没问题!"埃莱娜有点不耐烦地回应他。

恩里克决定不再坚持,接着,他告诉她,这个周末会到外地出差。

"你们从什么时候开始连周末也加班啦?"埃莱娜问道。

"这次是去参加一个销售大会,这一类的活动,通常都安排在假日。"

埃莱娜开始怀疑是别的理由,突然,她想到恩里克可能在骗她,心里越想越气,但嘴巴倒是没说什么。她那天晚上几乎没怎么睡，脑子里在计划着一件事，让她隔天一早就等不及要起床行动。由于那天已经是星期五了，她必须加快脚步才行。吃过早餐后，她马上到附近邮局去租了个信箱。然后她回到家里，跟女佣交代了几件该做的事，自己就拿着电话簿躲进房间里去了。她随便找了一家私家侦探社，接着拨了电话。

"早上好！"她说道，"我想请社长听电话。"

"我就是。"电话另一头的男人答道。

埃莱娜差点就要挂电话了，因为他那句"我就是"，她听了就觉得讨厌；而且，电话居然是他自己接，而不是女秘书来接，这让她觉得，恐怕这是一家没什么资源的小侦探社。算了，她决定还是继续往下说：

"是这样的，我们想委托您做个调查，有点麻烦，但是绝对不同于一般的案子。"

"为什么和一般的案子不同？"电话另一头的声音问道。

"因为您不会见到本案的委托人。我是您这位客户的秘书，我的老板是个在财经界和政治界有头有脸的大人物，所以他不想透露真实身份。"

埃莱娜把案子说明了一下，又把她丈夫的详细资料给了对方，还要求对方把这个周末的调查过程写个报告给她。

侦探社社长似乎把重点都记下了，不过，他还是坚持要见客户一面。埃莱娜语气非常坚决：

"我已经跟您说过了，那是不可能的事！我们就通过邮政信箱联系吧，您的报告就寄到那个地址去，至于费用，我会把钱汇进您的银行账户里。"

"我们一向要求先付款。"

"我明天就会把钱汇进去，您不必担心。"

钱的问题说清楚之后，侦探的疑虑似乎也跟着消除了，他允诺下周一一定会把报告寄出去。挂了电话之后，埃莱娜觉得自己的生活多了一样重要的刺激，让她得以将前一天发生的事情推到记忆中最松散凌乱的角落里去。总之，她决定以后出了门就不抽大麻了。这一天晚上，她睡得很好，起床后，整个人焕然一新。中午十二点出去汇款给侦探社时，她也不觉得哪里不舒服，只是肚子有点胀气罢了。

三

星期天，埃莱娜一起床就发现自己满嘴口臭，胃部也灼热得像一团火。她把原因归咎于前一晚抽了大麻烟之后，因为一股强烈的饥饿感，胡乱吃了太多的蜂蜜。她准备洗个澡，但有些意兴阑珊，脑子里想着该把左腿的腿毛刮了，但她和弟弟胡安以及妹妹梅塞德丝约好在母亲家碰面，如果花太多时间梳洗的话，一定会迟到的。她穿了一条牛仔裤，上半身套上一件旧毛衣，外面再穿上她特别喜欢的那件丈夫常穿的风衣。雨已经不下了，但天空依然乌云密布，每栋建筑物的外墙上莫不湿了一大片。她慢慢地开着车子，所以耽搁了不少时间，她从小区后面转进去，又见到这一带残破的人行道，这个场景，曾经构筑了她大半的青春岁月。

来到母亲的旧公寓时，弟妹早已经在等着她了。梅塞德丝坐在客厅的沙发上啜泣着，胡安在一旁机械式地抚摸着她的头。

"怎么了?"埃莱娜问道。

"她一进来就触景伤情了嘛!"胡安解释道。

屋子里很暗,就像那天的天色一样。屋内的陈设和家具,让人觉得仿佛母亲仍在,处处都是关于她的回忆。唯有摆设家具的阴暗角落和电视机屏幕上厚厚的灰尘,才让人看出,其实这房子早已久无人居了。

"这房子闻起来像是密不通风。"埃莱娜随口说道。

"这房子闻起来有死亡的味道。"她妹妹哭哭啼啼地应了一句。

"唉,妈是在医院过世的。"

"那又怎么样?这里还是有死亡的味道啊!"她妹妹坚持说道。

埃莱娜走近阳台边的门,把门打开了,却不知道这对屋内的气氛毫无帮助;不仅如此,街上死气沉沉的氛围,甚至散发着和屋内一样的死亡味道。天空又飘起了雨,绵密而模糊的雨丝,像一层薄纱似的披在屋顶上,仿如先前覆盖在亡者遗体上的白纱。

埃莱娜进了厨房,发现有包恶心的塑料袋,里面装着的食物已经腐烂多时。母亲当初住院时,有人来家里把电源总开关关了,却忘记检查冰箱里是否还有东西。她把厨房的窗户也打开来,潮湿的冷空气让她忍不住打了个哆嗦。于是,她回到了客厅。

"冰箱里居然还有食物!"她说道。

"我要不是住在巴塞罗那,我一定会找时间来清理这房子的。"她妹妹带着责备的语气回应道。

胡安和埃莱娜面面相觑,但两人都没吭声。姐弟三人分坐在电视机前的沙发上,埃莱娜凝望着左边的妹妹,总觉得自己像是在看一件古董。接着,她把视线转到屋内的家具上,暗沉的色泽加上受损的外观,呈现出更混浊的阴森,让她不由得好奇地多看了几眼。这时候,她觉得肚子又不舒服起来,但一想到这屋子里的洗手间,马上打消了上厕所的念头。他们说好是要来清理房子的,但三个人都这么好端端地坐在那儿,一副事不关己的样子。

突然间,胡安也哭了起来,梅塞德丝马上挨了过去,看起来是在安慰他,却又像是在加深他丧母的无助感。埃莱娜只是冷眼旁观,她认为,如果自己也靠过去的话,这样的景象就实在太老掉牙了。同样在这间客厅里,一样是这些家具,也是类似的气氛,三个人在这里度过了童年、青春期,及至长大成人。她是三姐弟中的老大,胡安是老幺,但此刻的三个人似乎成了同年纪；年龄渐长后，反而看不出长幼之分了，而母亲的死甚至消弭了他们之间的歧异。就像以前吧，她暗想着，大家总是羞于表达关爱，或许也有吧，如果我们把仇恨也当作表达关爱的方式之一的话，那么，他们大概算是感情很热络的了。

她踱步到走道上，探头望了望她母亲的卧室。她开了灯，因为百叶窗一直没拉上去，屋里很暗。她盯着那一堆堆的东西，以为自己会对人生的观感或方向有所感触，可是什么念头也没有，倒是体内好像在翻搅，疲累的指数好像又往上爬了几格。她走近那老旧的三件式橱柜，看起来就像是这个家的肚子一样；她打开正中间那扇门，柜子内部有它自成一格的阴暗诡谲，和生命中其他的阴暗面迥然不同，闻起来还是那多年来一成不变的味道，像极了一口装着堕落或恶疾的无底水井。

埃莱娜心想，如果往柜子里丢一颗石头进去，或许根本都听不到石头落底的声音吧！这柜子，如此深沉，仿佛无尽的阴暗。然而，当她伸手进去摸一件旧衣服时，却听见暗处有东西翻倒的声音。她往柜子底部一探，看见的是一瓶只剩一半的白兰地。她本想把它藏起来，以免被弟妹看见，但后来发现了更多的白兰地，全部都是廉价的，她想，他们迟早会发现的，干脆就维持原状吧。

床头桌上摆着几本宗教书籍，还有一串银制的玫瑰念珠，以及一尊老旧不堪的耶稣雕像。她打开抽屉，发现了一叠骑马钉装订的笔记本，每一本都薄薄的。她翻开第一本，索性在床边坐了下来，先是仔细地端详她母亲的字迹，然后读了第一页：

我开始写下这些文字，无所谓自己叫什么名字，也不在乎刚满四十三岁的生命该往哪里去。我的支气管炎直到这几天才康复，但最让我担心的后遗症，果然还是发生了。这件事我没跟丈夫说，也没向医生提起，但我自己可以感觉到身体有异样，我的右肺不太舒服，吃药也没什么用处。我看恐怕是什么看不见的病菌吧！怎么医也医不好了，只希望病情慢慢发展，这么一来，我才能亲眼看着孩子成家，如果天主保佑的话，或许还能享受一点含饴弄孙之乐。

总之，我这不舒服的感觉就是怪里怪气的。我的意思是，我自己都能感觉到这个病像个鬼魅似的，在我体内游走，随它爱在哪里出现，就看我是几点醒的。就拿今天凌晨来说吧，我因为喉咙左边刺痛而醒了过来。吞了几颗治喉咙发炎的药丸,然后就睡着了。然而,早上醒来的时候,刺痛感居然跑到右肺去了。唉,这样的日子怎么过啊!

埃莱娜听见客厅传来声响,立刻合上了笔记本。她胸口发闷,还喘得厉害,仿佛见到什么可怕或灵异的东西似的,但也隐约勾勒出自己未来的命运。确定四下无人之后,她抓起笔记本藏进毛衣里,紧紧地塞在裤头里面。然后,她回到客厅,发现弟弟妹妹已经开始行动了。她拎起椅子上的皮包,趁机把笔记本都塞了进去。接着,她去了阳台,身体开始异常地冒冷汗,但还是静静地待在那儿,直到清冷逼人的空气冻得她上半身都寒凉了,于是,她回到屋内,顺手帮妹妹折毛毯。后来,她进了洗手间,还拴上了门。她想,如果可以把肠胃清干净,应该会舒服多了吧,但是,她实在无法坐在那个抽水马桶上。她打开洗手台上方的小型金属柜子,看见里面堆满了药品,大部分是消炎药。洗手间没有窗户,因此,这又让她开始觉得喘不过气来了,只好赶快到走道上来。她弟弟正在拆除父母以前睡的那张旧床。

"怎么,你要把床带走啊?"她问道。

"什么时代啦,还有谁会做这种蠢事啊?"胡安没好气地回她。

不久,三个人在客厅又聚在一块儿了。大家看起来都是一副有气无力的样子,仿佛都干了什么重活儿似的。这时候,梅塞德丝说话了:

"我觉得这样下去会没完没了……"她说,"所以,我建议每个人各自挑选自己想要的东西(如果两个人同时看上一样东西,那就抽签),剩下的杂物,我们就打电话找收破烂的人来清掉吧。"

她说话的语气极端冷漠,不过,梅塞德丝在展现她现实的个性时,讲话一向如此。然而,自从母亲死后,埃莱娜却首度有想要大哭一场的冲动,但她忍了下来,只是脸部的肌肉还是牵动了几下。这是多么令人悲伤的事啊,她在这里度过了多少岁月,当然也包括她美好的青春,这样的地方,居然落到让人收破烂的地步。

"好吧!"她说道,"你和胡安想拿走什么就尽管拿吧,我什么都不想要,而且,我再也不想踏进这屋子一步!"

梅塞德丝怒视着她,却没有留下她的意思。她弟弟陪她走到门口,在她脸上轻抚了几下,然后看着她离去。到了街上,埃莱娜努力想了好一会儿才记起车子停放的位置。

她终于找到了车子,急急忙忙就钻了进去,似乎非得赶紧坐下来才会觉得舒服点。刚才在细雨中穿梭了好一阵子,她的头发都淋湿了。浓雾笼罩着整座城市,虽然气温并不高,却有种让人透不过气来的闷。她把手放在方向盘上,沉沉地深呼吸了三次,希望能让自己焦躁的情绪稳定下来。接下来,她并没有发动车子,而是从皮包里掏出了笔记本,随便翻了一页就读了起来:

有些人在醒来之前就先睁开了眼睛,仿佛是被吓醒似的。我可不一样:首先,我会思考自己是谁,就像人家说的自我定义吧,然后再慢慢睁开眼睑,只有这样,眼睛才能看见东西吧。今天醒来的时候,完全没有任何不适的症状。相反,我觉得自己好像拥有一座陌生的身体城堡似的。我闭着眼睛躺了好久,心里想着自己那毫无动静的五脏六腑,好像都不存在了。我心想,或许我已经不是我自己了,我害怕睁开眼睛,我害怕看见自己床前出现不同的衣柜。但我终究还是原来的我,因为起床时突然又觉得右半边的身体痛得厉害,而且今天一整天都不舒服,但也搞不清楚究竟是哪个器官出了问题。我丈夫得了感冒,全家大概都逃不过被传染的命运吧。

埃莱娜合上笔记本，直视着前方的街道。有些细心的路人随身携带了雨伞，虽然不见得全部都撑开来挡雨。她微微地喘着气，仿佛身体呼吸起来很吃力似的。她的右手碰了一下点火钥匙，但马上又缩了回来。她再度拿起笔记本，翻到最后一页，然后读着里面的内容：

事实上，人的身体就像一个社区：它会有购物中心，也会有主要的街道，以及任意发展、自生自灭的郊区。我不是本地人，这个名叫马德里的首都，并不是我的故乡。因缘际会地在这里落地生根之后，也慢慢不想自己是从哪里来的了。我的故乡在阳光灿烂的海边，但我不想提地名，因为不记得从什么时候开始，我已经不把自己当作是那里的人了。

我落脚的这个老旧小区，感觉很像是我的身体和疾病，每天总有不同的部位会疼痛。我的脚指甲是我身体版图的郊区。因此，它们总是破裂得不成形。而我的脚踝也是我这个肉身当中相当虚弱的一区，好像所有躲避纷争、毁灭和饥饿的难民都住到这里来了。

我的两只手臂就像两幢墙壁斑驳的房子，而我的一双眼睛则是故障的煤气灯。至于我的脖子，真像是一条连接两个不毛之地的小径。我的头发算是这个身体最有生气的一部分了，但也必须染色才能隐藏它日渐衰老的事实。当然啦，我也有个垃圾场，只是我一直不想提起，但是就像所有的老旧市区一样，垃圾场通常都离市中心很近，随处都会见到橙子皮。至于我这个臭皮囊呢，已经脏到见不得人了，市政府却老是不来处理！

埃莱娜猛地合上笔记本，然后把它收回皮包里。都是酒精在作怪，她说，还有那些药物。接着，她像是在做什么重大抉择似的，小心地发动了车子，急速逃离这个小区。

回到家时，她不由自主地兴奋了起来，连风衣都没脱下，就直接瘫坐在客厅里。她看着那一叠笔记本，总共有五本，然而，编号却是从一到六。她检查了一遍，发现少了第三本。她担心是自己漏掉了，一想到或许会被弟弟或妹妹捡到，她就开始心烦。她拿起编号第四的那本，从第一行读起：

我把上一本笔记本销毁了，因为我在里面谈了太多跟儿女有关的事情。谈起儿女，真不知道该怎么说才好，因为他们很讨人喜欢，同时也惹人讨厌，而且我发现，只有孩子听话时，做母亲的才会爱他们。此外，孩子是从你身上分出去的一部分，关于这点，虽然我们做母亲的都习惯了，但这到底还是件很诡异的事啊！儿女就像另一个小区，但毕竟还在你的辖区之内就是了。我生这三个孩子，每一胎都很受罪，而且产后留下了后遗症。现在我手边有本南斯拉夫医生所写的书，这是一本按照字母排列的疾病百科全书。看了之后，我终于知道自己子宫下垂是因为支撑子宫的韧带松弛，因而导致它往阴道下坠，甚至连膀胱也脱位。因此，我只要咳嗽或用力大笑就会尿失禁，而且，我总觉得自己体内的器官都已经移位了。南斯拉夫医生说，这种情况叫作子宫脱垂。

我生了三胎，生产过程最困难的是生埃莱娜的时候，让我难受得不得了。我丈夫常说，我们母女之所以经常拌嘴，正因为两个人是一样的个性。可是不管怎么样，我写下来的这些，不管算不算是日记，反正我就是不打算谈儿女了。这三个孩子，我爱他们，也把他们拉扯长大了，但是拿他们当作聊天的话题？我宁愿聊胰脏！

埃莱娜合上了笔记本，看起来既惊讶又困惑，似乎还搞不清楚该把她发现的这叠东西当成宝贝还是垃圾。但无论如何，这总是和她的生命息息相关的东西，在她母亲的笔迹里，或是母亲和五脏六腑之间的对话里，仿佛隐藏着只有她能够了解的某种警示，而且，这个警示似乎也跟她的未来有关。

她吃了一盘水果沙拉，期望这清淡的饮食能帮她清理肠胃，她总觉得肚子里有个硬邦邦的东西，这玩意儿动不动就变换位置，却始终不肯排出体外。然后，她抽了一支大麻烟，接着就睡着了。入睡之前，她脑中出现这样的幻象：她漫步在荒凉的沙滩上，突然间，一个女人朝她走过来，而且穿透了她的身体，就像一个天使穿墙而过那样。接着，那女人继续往前走，穿过了大岩石，然后在沙滩上躺了下来，一副要做日光浴的样子，却渐渐被吸进沙地里，就像涌上岸的海水一样。埃莱娜走上前去想要一探究竟，就在这时，她的身体开始不对劲，感觉快要晕倒了。于是，她把右脚往下伸，索性就踩在地上，听说有些烂醉如泥的人就是这副德行。脚底接触冰凉的地板，稍微缓和了她身体的不适，没多久，她就睡着了。

傍晚六点半，她被门铃声吵醒。她迷迷糊糊地爬起来，披上睡袍，赤脚走在漆黑的家里，不止一副睡眼惺忪的样子，连身体也还没醒过来。是她弟弟来了。他似乎流了满身大汗，看起来心情很愉快。

"看看我给你带什么来了。"

他身边摆着一张老旧但仍很坚固的皮面摇椅，还有一只老式钟摆时钟，大小就跟一具儿童棺材一样。

"我可是费了千辛万苦才把这些东西从车子里搬上来的，总不能什么东西都不留给你，太说不过去了啦。"

摇椅是她母亲以前常坐的，这可是异常珍贵的一样东西。有一阵子，这曾经是埃莱娜最喜欢坐的一张椅子，她总爱跟母亲抢着坐这张摇椅，不是看电视，就是看书。至于那个时钟，不知从多久以前就已经在他们家了，虽然很古老，依然是很耐用的好东西。

"我不是跟你们说过了，我什么东西都不想要！"埃莱娜嘴上虽然这么说，脸上却是一副感激的神情。

她弟弟马上就帮她在客厅找地方把时钟挂起来，然后，他挪动部分家具，把摇椅放在了时钟下方，他想，原属于他母亲的两样东西应该摆在一起才好。

"哎,你丈夫不在啊?"胡安得意地看着自己的杰作,突然问了这么一句。

"说是去参加一个销售会议,明天才会回来。"

"你们俩还好吧?"胡安继续追问着。

"我去帮你煮杯咖啡吧。"埃莱娜答道。

她弟弟在她家又待了好一阵子,两个人都努力想多聊聊,但终究还是枉然。他们就像失散多年的姐弟,各自养成了不同的习惯和态度,他们早已变成了不一样的人,也忘了自己原来是什么样子了。然而,记得原来的自己只会是更增添失落感罢了,而且也让自己再次确认,童年是永远也唤不回了,在那个儿时岁月里,他们至少还有很多话可以聊的。

四

星期天晚上,埃莱娜一夜难眠。老时钟的钟声——每一刻钟敲一次,每半整点再敲一次,每个整点又敲一次……这规律而频繁的钟声,轻易就把她那脆弱如玻璃的睡意给打乱了。那些钟声让她回忆起童年的夜晚,发高烧、头痛、紧张、失眠……当时,钟声清楚地计算着流逝的时间长短,就像现在一样,穿透客厅的门,经过走道,钻进了充盈着失眠氛围的卧室,让她不得不想起高速公路上的距离公里数标示牌,不知道白天还有多远?

大约凌晨三点左右,她决定去让钟摆停下来,于是,她走出卧室,穿过走道,来到客厅门前,却无法伸手去把门打开,因为她心怀恐惧。她回到卧室,在床沿坐了下来,赤脚踩在地板上,大略分析了刚刚的恐惧感。她心想,如果钟摆停止了,另外有一样东西也会跟着停摆。或许是她自己的生命,或许是整个家族的存在意义。她想起一位知名诗人的故事，他生前交代子孙，死后要和时钟合葬，而且时钟要上紧发条，让它继续再走二十四个小时，这段时间，还得计算在他的寿命之内。她母亲一向喜欢这个老时钟，因为钟声至少可以和她做伴。或许，母亲冥冥之中刻意让埃莱娜继承了她的时间，以及她测量时间的习惯，就像一个人遗传了热情如火的性格，他必须永远滋养着这股热情，否则就会有遭受诅咒的危险。她认为这个责任似乎太过沉重，但它有某种逻辑，至少在夜晚的这个时候，它像齿轮一样精确地运转着。后来，她安慰自己，等到破晓时分，这种逻辑就会化为乌有，就像黑夜的恐惧，一旦遇到白昼的天光就会燃烧殆尽，到时候，时钟会停止，一夜的恐惧会化为一场短暂的梦魇。转念这么一想，她的心情就平静多了。

她决定卷一支大麻烟来抽，希望借此让自己有点睡意，可是她发现手边竟然没有卷烟纸，也忘了放在客厅的哪个地方了。她再度起身向客厅走去，内心的恐惧依旧让她无法打开那扇门。脚底一阵冰凉，于是她回头去找拖鞋。接着，她把身边能开的灯都打开了，处在恐惧边缘的她，站在门把前，却一直僵持在那里。不过，那只手毕竟还是伸出去了。她推开了门，映入眼帘的是一片漆黑的客厅。为了把客厅的灯打开,她得摸黑走过整个房间。埃莱娜迟疑了,她觉得恐惧又排山倒海般地席卷着她的身体、她的五脏六腑。这时候,她终于恍然大悟,其实她害怕的是看到她母亲坐在那张摇椅上,加上墙上老时钟的滴答声,这个星期天的夜晚,又变成了遥远的过往,这张摇椅和这个老时钟,让一家人过去的生活和对话,顿时历历在目,而在家庭对话当中,她母亲一直扮演着连接词的角色。主词、动词、补语……她惊慌地边喊边穿过客厅。开了灯,摇椅空着,但看起来很诡异,摇椅上方的老时钟标示着时间,这时间,和埃莱娜的生命息息相关,但同时又毫不相干。

大麻烟反而让她更清醒了。她坐在摇椅上抽完了整支烟,想象自己在无穷无尽的时空中飞行。然后,她灯也没关就回卧室去了,但是依旧辗转反侧,于是从抽屉里拿出她母亲的日记,试图看看每一篇的日期。然而,每一本、每一篇,完全没有出现任何和时间相关的叙述,除了第一篇的开头那段:"我开始写下这些文字,无所谓自己叫什么名字,也不在乎刚满四十三岁的生命该往哪里去……"

埃莱娜看着那些文字,心里默默地推算着可能的书写时间,但她很快就放弃了,因为她发觉其中有些段落,正好符合了一些晦暗的过往。她本来也想看看最后那几页,但

她决定还是天亮以后再看。最后,她随意翻着笔记本,正好看到这一篇:

我记得,从很小的时候开始,我就质疑人类是否真的有能力了解真相。这也许是因为我一直到很大了还会尿在裤子上(可能一直到五岁以后呢)。当时,我那温柔的母亲,头脑稍嫌简单了点,她接受了某个医生的建议,这样教导我:想尿尿时,就应该走到洗手间去,让小便流进马桶,这样它可以出来散散步、透透气,可是不久后它又会回到我的身体里面来,这就是我每隔几个小时就会想尿尿的原因。我觉得那根本就是胡说八道,因为我早就知道,在马桶里冲掉的东西,从来没有回来过,为了证明这一点,我把她最心爱的金戒指丢进了马桶。过了几天之后,她开始发了疯似的到处翻找,于是我告诉她,叫她不必担心,我把它丢进马桶了,不久后就会回来的。结果,她把我毒打了一顿。

话说回来,我虽然不相信她说的故事,但是我们每天确实会有好几次想小便的时候,这偶尔又会让我怀疑这种说法会不会是真的呢!小便随着马桶里的水而流走，却借由某些神秘的方式回到我体内。直到今天，我都已经是个守寡的老太婆了，所有的孩子也都离家自立门户了，每次小便的时候，我还是会想象着，从我体内排出的尿液，其实就是我刚出生时排出的第一泡尿，同样的液体，多年来在我体内神秘地循环流动着，连接着我的膀胱，就像纠缠不清的思绪似的。因为，常常念头看似已经远去了，但走过一趟名叫遗忘的时光隧道后，它又在脑袋里出现了。总之，就像我说的，虽然这个关于小便的说法很有趣，而且我每次上厕所就会想起，但它对我所造成的伤害远超过其他事情，因为这让我对人始终无法信任，至今仍未改变。因此，虽然我是个信仰很虔诚的人，但我一直无法相信"圣父、圣子、圣灵"三位一体的神秘传说。我想，这种情形大概也会发生在清教徒身上吧。

另外有个故事，也是小时候听来的，我比较喜欢这个，而且至今仍深信不疑，虽然我从来没跟任何人提起过。故事是这样的：根据我母亲的说法，我们所有的人都有个对比分身，一个和我们一模一样的人，住在地球上完全相反的另一端（如果不是的话，那就不算是对比分身）。我母亲还告诉我，这个分身会和我本人同时走路、睡觉，甚至同时生病，因为那是另一个我，我想什么，她就想什么。看来，很久很久以前，有些勇于冒险的人曾经为了寻找分身而走遍千山万水，但从来没有人找到过，因为这个分身会随着本人移动而改变方位，两者在地球上永远保持着对称的位置，况且，既然分身和本人的想法一致，所以当本人决定远行时，分身当然也会有同样的念头。这个故事，让我的童年不再孤独，当我夜里觉得害怕时，我就会想起自己的对比分身，她同时也在经历和我同样的恐惧，所以我们会互相为遥远的对方打气。有时候，为了激怒分身，我会很残忍地用针刺自己的手指，可是她也会做坏事报复我，就像有一天吧，好好的一件新衣服，一不小心就被铁丝钩破了，我还因此被罚五天不准出门。起初，我帮分身取了个名字，叫作弗洛里塔，可是后来觉得这名字听起来有点俗气，所以就开始改叫她埃莱娜（不知道她帮我取了什么名字）。我帮大女儿也取了这个名字，虽然家族里从来没有女孩子叫作埃莱娜。我记得，丈夫、母亲以及其他人都问我为什么决定用这个名字，但我从未跟任何人说过，因为这是我对比分身的名字。

有时候，我会在下午喝点白兰地，当我意识到自己已经喝多的时候，我会觉得这不是我的问题，酒喝太多的，说不定是我的分身埃莱娜吧！她因为不知道如何面对人生的种种难题，早就染上了酗酒的恶习，就像孤独吧，我们两人都有同样的困境，注定要一个人终老的。我觉得很难过，因为她这样等于是在自我毁灭啊，说不定她哪天突然自杀了，到时候，我也不想活了！

埃莱娜读完最后这几个句子时，几乎喘不过气来。她合上笔记本，和另外几本一起收进床头柜的抽屉里。接着，她起身走进浴室想吐，却什么也吐不出来。她心想，如果可以把肚子里的东西都吐出来的话，头晕的问题应该就会解决了吧。她一脸惨白，从走道的这一头走到那一头，有时候，只要这样走上几个来回，大麻的副作用就会消失。她决定不再抽大麻了，因为最近这一阵子，大麻烟总是产生一些很奇怪、很邪门的副作用，让她动不动就联想起生命中的种种现象，她自己的人生，至今依然看似平顺而平淡，但在她母亲病危的最后几天，尤其是她去世后，这些副作用开始强烈地显现出来。她觉得自己又开始冒冷汗了，接下来恐怕就要不省人事或晕倒在地，于是，她跑到卧室的窗户旁。打开窗户，她探头到窗外。新鲜的空气和雨水，让她得以恢复元气。身体不再冒汗了，接着，她顶着淋湿了的头发，直接就上床睡觉了。她梦见自己还是个小女孩，在沙滩上挖洞，母亲就在身旁。她在其中一个沙洞里捡到了一枚象征宝藏的钱币。她喜出望外地捡起钱币，因为知道自己身在梦中，她把钱币紧紧握在右手，确认它真的是非常扎实的硬币，于是她心想，只要一直紧握着右手，等到她醒过来，钱币都不会消失。

电话铃声把她吵醒了。已经是星期一的白天了。她还握着拳头，手指嵌在手掌上，摊开来一看，什么也没有。她拿起话筒，电话另一头是她丈夫。

"我现在人在办公室。"他说道。

"你什么时候到的？"她昏昏沉沉地问着。

"今天一大早到的。我没有马上回家，因为我们还在这里忙成一团呢！"

埃莱娜看了看时钟，已经是下午三点了。她总算睡了好长一段时间。和她丈夫在电话里道别时，她想起了那个梦，想起了她童年的一段往事。事实上，那是很多年前的事了，当时她随父母一起去度假，就像她梦里那样。假期的第二天,她在沙滩上挖沙洞,在其中一个洞里捡到一枚钱币。那段和梦境一模一样的往事,决定了她的人生观,从此,她认定各种欲望都有实现的可能,和她弟弟、妹妹看待人生的态度是完全不同的。

这天天气格外晴朗。下午这个时候,刺眼的阳光穿过阳台,洒在客厅里,在强光照耀下,屋内的家具和所有摆设反而模糊了起来。埃莱娜看着阳光下的摇椅和老时钟,想到昨晚发生的一切,不由得微笑起来。她终究没把晃得让人心烦的钟摆停下来,为何如此?就和她一直不刮左腿腿毛一样,实在令人百思不得其解。事实上,她连右腿都需要刮毛了,但她打算等有空再处理这件事。

她感觉到身体的不适症状已经好多了,至于今天凌晨针对大麻而做的承诺,她决定修正:以后尽量少抽点,而且不在外面抽。她也知道,这一阵子,每次抽了大麻之后,总是把她推向各种窘境的边缘,但她总觉得这只是暂时的,或许和她母亲刚过世有关,等到往事的纠葛慢慢淡去之后,情况应该会好转。这时候,她想起母亲日记里的那句话,纠缠不清的思绪总是会回到脑袋里的。她突然又觉得不太舒服,但还是靠着意志力忍了下来。

下午,她去了一趟邮局,发现上周五刚租的信箱里躺着一封信，她不怀好意地暗自窃喜着。她把信拿在手上，在街上随意闲逛，一路只找有阳光的人行道散步。最后她来到了克拉拉·德尔·雷伊街，走进了一家常去的咖啡馆，点了一杯茶，然后拆开了信封。里面是一篇打字机打的报告，还附了一张拍立得照片，照片上她丈夫正牵着一名年轻女子的手在海滩上散步。照片虽然是从远处偷拍的，但埃莱娜依然能够认出那名年轻女子就是恩里克的女秘书。她骄傲地笑了一笑，惊觉自己看到那个画面不但不恼怒，反而有一种松了口气的感觉。这种低俗的事情，总是能带给她某种慰藉，冷眼旁观世间事，也算是让她的生命多了一个寄托。端详了照片好一会儿之后，她决定看看报告的内容：

本案的调查对象从二十六日星期五下午开始，就已经受到本社侦探的监控，虽然相关费用一直到二十七日星期六才汇入指定账户。对此，侦探社负责人表示，由于银行下午不开门，再加上电话查证等相关手续，因此而耽搁了款项入账的时间，这是可以理解的。

星期五下午六点，调查对象离开了位于菲律宾群岛街和胡里奥·卡萨雷斯街交界处的"顾问公司"办公室,可能也就是他上班的地方,接着,他开车去了机场。在机场停车场停了车之后,他径直往出境柜台走去,在那里,他和一名大约二十七八岁的女子会合,她拥有一身古铜色的肌肤,身材娇小,长发披肩,两人看似早就约好了在此碰头。他们彼此吻颊打招呼,感觉上比普通朋友还要亲密,意味着两人之间的关系非比寻常,然后他们搭了晚上八点半的班机,从马德里飞往阿利坎特。这班飞机原则上已经客满,侦探在候补名单上苦苦等待,终于在最后一刻搭上同一班飞机。

在这趟短暂的飞行旅程当中,调查对象和随行女伴在确认周围没有熟人之后,两人的动作开始亲昵了起来,一直到下飞机前都是如此。抵达阿利坎特之后,他们租了一辆车,然后开往位于海滩的旅馆,大约在城市以北二十公里处,两人在此地共度了星期五、星期六和星期天三天,大部分时间都消磨在旅馆的三三四号房间里,出门只在附近海滩闲逛,没多久就躲回房间里,一天三餐都是在房里吃的。两人出门散步时,调查对象嘴上多半叼着烟,据我们推测,他抽的应该是大麻，此外，抽烟的一直仅限于他一个人，因为我们发现，虽然他要求女伴加入，但她始终坚持拒绝碰毒品。

星期天早上，因为某种原因，调查对象单独在旅馆大厅待了好一阵子，大概一个小时吧。在此期间，他都在专心看书，那是他一直放在外套口袋里的书。后来，她离开了房间，下楼到旅馆大厅。他们似乎打算要出去，但是出了门之后，两人突然在街上发生了争吵，后来又回到旅馆，一直到傍晚都关在房间里。至于两人为何争吵，因为这次委托时间仓促，侦探没有配备定向麦克风和其他先进的窃听设备，所以原因不得而知。但无论如何，根据侦探的经验判断，十之八九是感情因素，因为两人都为了这段见不得人的婚外情忍受着双重的压力———方面是道德的规范，另一方面是良知的谴责，陷入不伦之恋的人大多有这种经验，即使为了贪欢而远走他方也无法避免，本案就是现成的例子。

他们星期一早上搭七点五十分的班机飞回马德里，一抵达机场就分道扬镳，跟踪行动也到此告一段落。本案调查对象年约四十五岁，穿着颇有品位，在旅馆则以信用卡付账,这种做法,在婚外情的案例当中并不常见,看来他的妻子从来不过问他的金钱支出。当然,这名女伴也可能是已婚状态,虽然两人从头到尾的表现跟夫妻没两样。

附上一张拍立得照片,是趁着他们在海滩散步时拍下的。至于他们下榻的旅馆名称则是"热带风情大酒店"。

埃莱娜把照片和报告塞回信封里,付了账之后就离开了咖啡馆。虽然太阳已经开始下山,傍晚的天气依然是晴空万里。她沿着埃斯帕萨街一直走到圣心街,来到女儿家的大门口,迟疑了半晌,决定还是继续往前走。春天的宜人气候和那封侦探社报告,让她的身体产生了一股愉悦的畅快感。她一直走到洛佩斯·德·霍约斯街,然后才坐出租车回家。

她丈夫已经回到家了。两人寒暄了几句之后,一起抽着同一支大麻烟。

"星期天过得怎么样?"恩里克问道。

"嗯,很好,"埃莱娜答道,人就坐在她母亲的摇椅上,"我分到了摇椅和时钟。"

"还不错嘛!"她丈夫笑着说道,"而且,摆在那里还蛮适合的。我一直很喜欢这个老时钟敲出来的钟声。"

"钟声和滴答声。"埃莱娜补上一句。

"啊,还有滴答声。"恩里克点头说道。

埃莱娜等到大麻开始发生作用了,像是在颈后,又像是在前额,这时候,她问道:

"你会不会觉得我们是很低俗的人?"

恩里克一听,似乎马上就起了戒心,但埃莱娜看着他那越来越迷茫的眼神,眼皮已经撑得越来越吃力,她知道,大麻的作用已经开始腐蚀他的脑力。最后,他总算回应了:

"你从来就不是个低俗的人啊!"

"我是在问我们,不是只有我。"

"因为你的关系,我们从来没有低俗过。"

"这么说来,意思就是你很低俗啰?"

"我从很久以前就想做个低俗的人了。"恩里克说话的语气夹杂着苦涩和恼怒。

"为什么呢?"埃莱娜继续追问着。

"因为我想过幸福的人生。"

埃莱娜站了起来,往吧台走去。她略过白兰地,挑了一瓶威士忌。她倒了一杯给恩里克。她差点就要告诉他发现母亲日记这件事，但后来觉得她丈夫不值得和她分享心情。她又坐回摇椅上，啜了几口威士忌，然后仰头对着天花板说道：

"今天晚上，我终于发现自己为什么一直不够俗气。你知道吗？我小时候曾经梦见自己在沙滩上挖沙洞，后来在洞里发现了一枚钱币。我当时的想法是，我只要紧紧地把钱币握在手上，天亮时钱币也不会消失。当我醒来的时候，钱币已经不见了，可是就在那天早上，我在沙滩上挖洞，居然又找到了那枚钱币！因此，我从来不像我的弟妹那样，对现实总是抱怨连连，因为我总觉得，所有的梦想都是有可能实现的。"

"那只是巧合吧！"恩里克边说边起身，接着打开了电视，"我要看新闻了。"

埃莱娜继续坐在摇椅上，两腿交叠，喝光了威士忌，后来竟然觉得肚子饿了。于是，她起身往厨房走去，打算给自己弄个三明治来填饱肚子。

五

接下来的那几天,春意越来越浓,甚至连埃莱娜的心情都受感染了。虽然午后常常不是乌云密布,就是短暂的倾盆大雨,但每天早上都是阳光普照。埃莱娜感觉自己精神好多了,尽管她没有意识到,这样的平静状态并不可靠。她的各种症状并未消失,但已经缓和许多,而她体内那股莫名其妙的压迫感,只有抽大麻的时候才会发作。整体而言,她的身体里好像有各种精灵鬼怪的小毛病跑来跑去,每个毛病仿佛都在寻觅着适合长久栖身的位置。她去看过好几次医生,但对他们没什么信心,所以一直没接受全身检查的建议。

有时候,她会想起在幼儿园发生的事情。她想,在那时,她已经到达了某个边界,无路可退。但能够在极限处停下给了她一种安全感,这种安全感有时似乎是无缘无故的,有时又并非如此。由于她大半时间都待在家里,她决定辞退女佣，因为她已经开始觉得女佣就像个讨厌的目击者，天天在家里晃来晃去，就像她身体上那些跑来跑去的毛病一样：虽然不是什么了不起的病症，但她可以感受到自己的每个器官，即使服用了药物之后，依旧还是隐藏着某些病痛，而这些隐匿的病痛，随时都有可能发作。家里少了女佣之后，明显凌乱了许多，恩里克虽然没说什么，但看着老婆草草熨过的衬衫，他的脸上已经开始出现嫌恶的表情了。

埃莱娜收到第一封报告之后，隔了几天，她打了个电话去侦探社。接电话的还是上次那个人，这次的谈话还是让她觉得蛮刺激的。

"您的报告，"埃莱娜说道，"我们觉得还不错，只是描述细节的部分太多了。"

"您的意思是……"对方问道。

"您提到许多调查对象的行动，却丝毫未提及他的神态或反应。举例来说，报告中提到本案的调查对象曾经阅读一本书，我们就会很想知道，他读的是什么书。我们希望能多了解他的个性部分，而不只是他的各种行动。例如，您在报告里大胆假设了调查对象的外遇已经动了真情，像这样就对了。您了解我的意思吗？"

"原则上,"他答话的语气不是很确定,"我们的工作是不加进任何评论的;不过,如果这项调查行动要持续进行的话,我会请负责本案的侦探交代得更明确一点。"

"我们并不要求更明确,但希望能更大胆一点,即使调查者在报告中叙述和自己相关的事情也没关系。一个侦探不该是个只出声音的隐形人;面对他所看到的景象,他应该是个有血有肉、有年龄有感情的人,这样您了解吗?"

"我们会尽量达到您的要求。"他语气坚定地回应,洪亮的声音从电话另一头传过来,仿佛洞里的回音似的。

接着,埃莱娜要求侦探社针对恩里克写一份详尽的报告。隔了几天之后,她从邮局的信箱拿回了这份报告。到了午睡时间,她躺在床上兴致勃勃地读着里面的内容:

本案的调查对象今年四十六岁,和负责本案的侦探同年龄,只是调查对象看起来像四十一岁,而侦探却刚好相反,看起来像是已经四十九岁了。他的全名是恩里克·阿科斯塔·坎波斯,顾问公司的负责人,这家公司在最近五年内更换了三次名称,但地址从未更动过。整件事情看起来,这很有可能是一家虚设的幽灵公司,而且和某些政治势力挂钩,完成大笔金钱交易之后，再借由更换公司名称逃避调查。去年，他完成了两项非常重要的交易，一项是与工业部合作，另一项则是与环保卫生部合作。两项都是市场调查之类的业务，关于这个部分，负责本案的侦探没有熟悉的门路，所以无从调查。如果客户需要更多关于这家公司（公司目前的名称是"新市场股份有限公司"）的相关资料，有必要外包给一家专业机构，因为我们已经说过，这家公司旗下有众多子公司，其中不乏跨国性的广告案子，各种密账借由这个方式流通，不但难以查证，最后甚至无从查起，交易地点和金额都不得而知。这个名叫恩里克·阿科斯塔的调查对象，生活相当优渥，但作风很低调，上班时间大多在各个政府部门之间奔走。他现在的事业目标有可能已经转向墨西哥和委内瑞拉，因为他最近这几个月经常往这两个国家跑。还有一点特别奇怪的是，只要公司不开工作餐会的时候，他一定是和企业家或政治人物在高级餐厅吃饭。

他的妻子名叫埃莱娜·林孔·希门尼斯，今年四十三岁。她是个身材瘦削的女人，经常有黑眼圈，原因不明。她现在大部分时间都待在家里，但过去曾经在一家小型广告公司的创意部门工作，这家小公司早已不存在，有可能就是她丈夫的顾问公司旗下的子公司之一。总之，埃莱娜在这家小公司倒闭前就已经离职，可能是个人的意愿，对此，我们暂时不做深入调查，由于我们不知道此次调查的目的，所以在评估哪些事情重要、哪些事情不重要时，有可能出错。

这对夫妻各自拥有个人的银行账户，埃莱娜并没有固定收入，却拥有恩里克·阿科斯塔旗下众多公司的各种股份。埃莱娜的账户最近有一笔金额不明的款项汇入，她刚过世的母亲名下的公寓售出后，那是她分得的遗产。

这两个人的婚姻关系显然是相当自由和自主。因此，他的婚外情不断，以前经常更换对象，但近来似乎和他的女秘书感情相当稳定。他有抽大麻的习惯，可能也吸食海洛因，但为了不让自己过度沉迷于毒品，他固定会到公司附近的健身房运动。

他们夫妻俩有个二十二岁的女儿，名叫梅塞德丝，已经结婚两年，目前也定居在马德里。梅塞德丝和母亲互动极少，却和父亲经常碰面，同时也定期接受其父的金钱资助，她对父亲始终维持着相当亲密的感情，看来和金钱资助毫不相干。顺便提一下，恩里克·阿科斯塔在阿利坎特看的那本书是卡夫卡的《变形记》。

埃莱娜把报告收进床头柜的抽屉里，和她母亲的日记放在一起，接下来，想睡却睡不着了。她的情绪太亢奋了，这项调查计划也让她的生活变得有趣起来。她在床上翻来覆去，最后觉得还是起床算了，接着，她拿出最后一本笔记本，也就是她母亲编号第六本的日记。本来想翻开来看最后一篇，但她决定还是别去看它，总觉得还不到时候，就像碰到一连串重大事件时，最重要的是保持冷静，在适当的时刻处理每一件事，这样一连串事件的顺序才不会出现异常。于是，她又把笔记本收回抽屉里去，然后点了一支烟，每一口都慢慢地抽着，同时凝望着阳光从玻璃窗折射到对面屋顶上的光线变化。毫无疑问，她在思考，她的脑子不仅产生了种种念头，而且还挖了一道沟渠，让这些念头直接滑向未来。

大概到了傍晚六点的时候，她突然兴起了打电话到侦探社的念头，但付诸行动之前，她先抽了一支大麻烟，因为她希望在电话中可以表现得更自然一些。

不知道为什么，大麻的效用迟迟未发作，于是埃莱娜用威士忌让它加速发酵。才啜了第一口,整个人立刻有了一种异样的感觉,接着,她坐在客厅的电话旁,手里拿着酒杯,烟灰缸放在右手边,眼睛直盯着她母亲留下来的时钟和摇椅。空着的摇椅,竟然让她觉得是一种丑陋的缺憾,虽然这感觉很短暂。确实,它和时钟之间缺乏联系,少了她母亲,这两样东西一点都不协调了,三者仿佛已成了不可分离的神秘结合体,就像神圣的"三位一体",偏偏她母亲从来没相信过这个传说。

接电话的还是同样那个人,埃莱娜简单地问候他之后,直接切入主题。

"最近的这篇报告呢,"她说道,"已经符合了我们要求的风格,不过,还有几个地方需要改进。"

那个人在电话另一头紧张地吸了口气,连埃莱娜都可以感受到他那紧绷的情绪。

"这件事实在不简单哪!"他终于回答说,"要写出一份目的不明的报告,谈何容易。让我举个例子来说吧,写一份关于个人或某机构的财务报告,和写一份用来要求离婚的外遇报告,两者是截然不同的。我们的调查人员,最需要的就是一份确切的任务'简报',就像英国人说的'briefing',以确保我们的报告既简明扼要又效率精准,简单地说，就是直接切入问题核心。因此，如果能让我们和委托人面对面谈一谈的话，对整件事会有很大的帮助。"

"我已经说过，这是不可能的事，"埃莱娜试图以强悍的口吻回答他，但话一出口，听起来就充满挑逗性，"不过，我会把事情一样样都跟您解释清楚的，也许对您会有所帮助，当然啦，那还要看您是不是还对这份工作有兴趣。"

对方毫不犹豫地给予了肯定的答案，埃莱娜得意地对着眼前的摇椅微笑着。她心里暗想着，说不定她找上的是一家一人侦探社呢，电话另一头的那个人可能是老板兼伙计，此刻正想尽办法留住这个定时付钱的幽灵客户。

"我们很喜欢您在这一次的报告中提到的那些细节，"埃莱娜继续说道，"例如负责调查的侦探提到了自己的年龄这一点就很不错，但是我们不喜欢那种没有确切人称的口吻，从头到尾都是'我们认为，我们相信……'，听起来根本不像个有血有肉的平常人在讲话，反而好像教宗训话。在未来的报告里，请以第一人称'我'来思考和叙述事情，我不晓得呀，就像在跟朋友说话那样，而不是弄得跟业务咨询一样。您了解我的意思吗？"

"了解了，太太！"他回话的语气明显流露出愤恨不平的情绪。

"请您不要误会我的意思!"她接着补充说道,"报告写得非常好,文笔也很不错,就只差了个叙述者口吻而已,一个能对所见所闻发表感想的人……"

"这么说来,您喜欢那些报告啰?"他问话的语气急切而兴奋。

"报告写得很好,我刚才就已经讲过了;文笔非常优美,但是给人的感觉太压抑了,仿佛这位侦探,也就是报告的叙述者,身体被紧紧地塞在女用马甲里,写出来的报告就是放不开。举例来说,在上一篇报告里提到一个女子,对她的描述略嫌模糊了些。我如果没弄错的话,她名叫埃莱娜·林孔,对吧?事实上,报告里确切地写到她常有黑眼圈这件事,但我们并不知道,她的黑眼圈是天生的呢,还是另有不可告人的原因。而且我们也不知道她都穿些什么衣服,看起来是很快乐还是很寂寞……"

"问题是,诸如此类的描述,"他似乎语带歉意,"都是属于非常主观的论述,这一点要请您多谅解。"

"我也想请您了解一点,"埃莱娜啜了一口威士忌,马上做出回应,"因为这是我们的要求,必要时,再怎么主观都可以。"

就在这时候,老时钟开始敲钟,傍晚七点了。埃莱娜把话筒拿近挂着老时钟的墙壁,等钟声停了之后,她继续说道:

"您刚刚听见了吧?"

"您指的是钟声吗?"对方问道。

"没错,就是钟声。那是一个美丽而独特的时钟敲出来的声音,时钟就挂在一间非常宽敞的大客厅里,我现在就躺在客厅的牛皮沙发上跟您打电话。时钟、客厅、沙发都属于你我共同效力的那个人,每一样东西各据一方,也各自发挥其特殊功能。我可以向您保证的是,您的这位客户,也就是我的老板,只要能达到他的要求,他是很大方的,而他对您的要求就是尽量主观。没问题吧?"

"没问题!"对方回话的语气相当坚定,对于接下来的任务似乎很满意,而且也已经明白执行的方向了。

"还有一件事,"埃莱娜补充说道,"您不需要再浪费时间去调查恩里克·阿科斯塔那些上不了台面的小生意;我们对他的事业状况早就摸得一清二楚了。请您帮我们写一份报告,篇幅不需要很长,但内容要够扎实,主题是关于恩里克·阿科斯塔的过去,以及他是如何爬到今天这个地位的。请务必记住:该写的才写,而且要写重点。"

当她挂上电话时，那股强烈的满足感像是要从皮肉挣脱出来似的。长久以来，大麻和威士忌的结合，首度未对她的身体造成灾难性的重创。她点了一支烟，然后坐在她母亲的摇椅上，本来想看小说，但情绪太亢奋，她无法专心阅读。她把小说丢在一旁，索性什么都不做，静静地聆听时钟的滴答声。她母亲去世后那种死气沉沉的氛围，已经消失了。一道纯净的蓝光从阳台落地窗照进来，让她想起了海洋。突然间，埃莱娜觉得时钟、摇椅和她自己已经形成一体，而且她隐约能够了解自己前几天的恐惧，其实并不是害怕又看见母亲坐在摇椅上，而是怕自己变成和她母亲一样，在生命中扮演连接词的角色。想起这件不太愉快的事情，倒没让她的身体有任何不适，或许是因为大麻和威士忌的作用已经消失了吧。相反地，她甚至愉快地想着自己的对比分身，刚才和侦探相谈甚欢，显然让她心情格外愉悦。

她丈夫九点回到家，晚餐前，两人在厨房一起抽了支大麻烟。夫妻俩大半天说不上半句话，他们已经习以为常，而且两人之间一点压力都没有，这么多年来一直都是这样。

"你跟梅塞德丝见面了，对不对？"埃莱娜问道。

"为什么突然问起这件事啊？"恩里克答道。

"我知道你们两个经常背着我偷偷见面,我已经无所谓啦!"

"谁背着你偷偷见面啦?"恩里克一脸疲惫地说道,"你这语气听起来不像是在讲女儿,而像是在讲什么情妇一样。我和女儿之间,只不过是维持着一种你和她之间不可能会有的亲子关系罢了。"

"错都在我啰?"

"我没有怪罪任何人的意思,我只是叙述事实而已。"

"梅塞德丝到底是怎么看我的?"

"你应该自己去问她呀。不过,我认为你们母女俩关系会搞成这样,是因为你一直很疏远,也很冷漠。比如,你明明知道她和外婆感情深厚,你却连你母亲的葬礼都不去参加……"

"那是因为我身体不舒服啊!"埃莱娜的神情立刻严肃了起来。

恩里克没再多说什么。客厅里隐约传来一声声钟响,更凸显了他们之间紧绷的沉默。埃莱娜试着转移话题,于是说道:

"对了,我这几天一直在找卡夫卡的《变形记》,本来是放在书房里的,居然不见了。"

"噢，书在我办公室里。我已经看完了，可是这几天老是忘了带回来。"

"怎么会在这个时候想重读这本书？"

恩里克在答腔之前，嘴角已经微微扬起：

"不久前，我突然想到，我过去一向是从受害者的角度去看这本书，于是，我决定从相反的角度重读这本小说，让自己从那只昆虫的父母、妹妹和老板的立场去看事情。"

"什么事情啊？"

"嗯，有点复杂。我们公司从住宅部承包了一件小区重建的案子，那天我去了那个郊外的小区一趟，看着当地居民的生活状况，我想起了自己当年拼命努力要出人头地的那段日子。那天晚上，抽了一支大麻烟之后，我恍然大悟：我们以前老是喜欢谈自己是如何力争上游，事实上，我们是站在失败者的角度在谈这件事。然而，我这几年早已经出头了，什么都赚到了，怎么说话的语气还像个住在偏远郊区的穷小子一样呢？所以，我决定改变自己。"

埃莱娜把沙拉放在餐桌上，定定望着恩里克，仿佛在确认这是不是他。看了半天，她终于冒出一句：

"你真是个恬不知耻的家伙。"

这天晚上就这样过去了。

六

后来那几天,埃莱娜对摇椅的恐惧感似乎已经消失了。她每天早上坐在摇椅上喝着第一杯咖啡,佐着背后墙上的老时钟发出来的滴答声。时钟测量着流逝的光阴,未来是一连串无法预知的发展。一件和她的生命存在有关的事件,似乎正在她背后秘密进行着。

她坐在摇椅上,读着侦探社寄来的第三篇调查报告,内容是这样的:

关于恩里克·阿科斯塔·坎波斯的背景,可以用三行文字就解决,也可以大书特书一百页,就看是从哪个角度去叙述。负责本案的调查员,一方面基于个人因素,另外也因为本案的情况特殊,所以他倾向于低调办案,尽量不动声色,就像处在一个无声的世界里一样。在这个世界里,各种行为和言语一旦发生,立即清晰浮现。如此一来，写出来的案情报告既客观又明朗，绝不掺杂任何个人情绪。

我谈这些，主要是因为我的客户有个令人错愕的要求，他要我尽量主观，而且要加入我个人的观感，也就是以我的智慧去做判断。或许智慧这两个字说得太夸张了，这种字眼比较适合谈论文艺搞文化的人，用在我们这种行业就显得不怎么搭调。不过，这两个字用在我身上绝对不过分，我不想说谎，虽然我的客观论调不值钱。我是个失败潦倒的刑法专家，但是再怎么不得志，我还是刑法专家啊。我做过无数的相关研究，也写过很多文章，也许哪天会有出版社愿意帮我出书也说不定。

好啦，这种职业上的落差，虽然想到就难过，可是有什么办法呢？我总得赚钱谋生，至少让日子稍微好过点，相对于恩里克·阿科斯塔，我是何其卑微啊，他在许多方面都是我的对比，是个完全和我相反的人。

这个人，也就是本案调查目标，出身于六十年代发迹的中产阶级家庭，大学念的是法律系，求学时认识了同样就读于法学院的埃莱娜·林孔，也就是他目前的妻子。他当时非常热衷于学生运动，甚至还加入了左派政党，这个政党目前已经不存在，或者也有可能是被主要政党合并了。

循着这个方向继续深入调查的话，各种相关资料、日期和人名等具体信息陆续显现，可望增加这份报告的可读性。我甚至认为，说不定我们曾经是同学呢，因为我们年纪相同，虽然我看起来比较苍老，而且我那时候也在念法律系，不过我必须承认自己留级过，高中又比别人晚读，平常还要打工，和同学之间的确没什么互动。

但是，若我的客户坚持要求我主观地进行调查，那这就没什么要紧的了。我认为，本案的调查对象学生时代的确热衷于社会改革，但后来跟许多人一样，脑子里尽是功名利禄，只想满足自己在口腹和性爱方面的享受。他不断地努力追求权力，循序渐进慢慢往上爬，如今早已稳坐权力高位。这种人，我看多了，他们毫不留情地踩着像我这种人的头颅往上爬。我们必须承认，我们这样的人，缺乏必要的智慧，无法察觉那些将要发生的事情。对他们来说，被捕就像是一枚勋章，像是战争中的一个伤口，但对我来说，这意味着必须放弃学业，放弃我那成为刑法专家的真正志业——我可是觉得自己有这样的天赋呀！这些有钱的大爷，暗地里多半不是抽大麻就是吸海洛因，听的都是我听不懂的音乐，因为这样才能让他们显得与众不同。老天毕竟有眼，有些家伙后来染上了艾滋或得癌症，在昂贵的大医院里吓得冷汗直流，再也威风不起来。这些人全都是些混账东西，婊子养的烂货，而恩里克·阿科斯塔尤其是其中最不要脸的东西！这是我个人的主观看法，看看就算了吧！

至于他的妻子埃莱娜·林孔·希门尼斯，过去的经历大同小异，只不过她是女人就是了。对了，她的黑眼圈显然是过度吸食毒品造成的，但究竟是哪一种毒品，她又是在哪里吸毒，这些都是有待查证的部分。她很少出门，即使出去也都是在住家附近活动。还有，她出门必定戴上太阳眼镜，为的是遮掩她那肿胀的眼袋。不久前，她辞退了女佣，负责本案的侦探曾经和这名女佣联系过，但到底是个没念过什么书也没什么观察能力的女人，问她的事情，没有一样说得清楚。埃莱娜可以说是现代家庭主妇和专业独立女性的结合。她的衣着风格力求低调，但并不随便。她穿的都是昂贵的名牌服饰，但看起来比实际价格便宜。令人好奇的是，她从不刻意让自己看起来更年轻。

埃莱娜一时不知所措，仿佛自己制造的炸弹，本想攻击别人的，却在自己手上爆炸了。在不知有多久的时间里，她看着落地窗外的阳光，右腿悬在左大腿上，随着头顶上时钟的滴答声摆动着。天色渐渐暗了，天空上挂着寥寥几朵云，像烂棉球一样撕扯着，呈现出淡淡的粉红色。直到恩里克回家时，她一直保持这样的姿势，不过，在他走进客厅之前，她还是及时把报告藏了起来，而且恢复了脸上应有的表情。

她丈夫卷了一支大麻烟，然后递给她，但是被埃莱娜拒绝了。

"怎么了？"恩里克问道。

"我最近不太舒服。"

"消化不良的老毛病又犯了？"

"不见得是消化不良，"埃莱娜答道，"现在是全面性的问题。每次抽了大麻之后，我就变得无法掌控影像。"

"什么影像？"

"我生命中的影像，过去的我，现在的我，将来老了以后的我，如果我现在还算年轻的话……"

"我看你是窝在家里太久啦!"恩里克笑了起来。

"这一类的对话会让你害怕,对不对?"

恩里克已经躺在沙发上了,左手撑在颈后,右手拿着烟,盯着仍坐在摇椅上的埃莱娜。恩里克脸上挂着微笑,那天,他看起来特别年轻。

"我不会害怕的,老婆,"他说道,"现在已经没什么事能让我害怕的了。我只是很担心你,还有你这种生活方式,连朋友都不联络了,你这样离群索居,每天就是胡思乱想……"他看了看时钟,脸上突然露出恼火的表情。"唉!今天晚上有个讨厌的饭局,我得去换衣服了。"

"我已经帮你把粉红色的衬衫熨好了。"

"谢谢!我正想穿这一件呢!"

恩里克坐起身子,拧熄了大麻烟,然后往卧室走去。埃莱娜跟了进去,她坐在床沿,盯着他看。最后,她终于开口说话了:

"经过这么多年之后,你现在抽大麻是什么感觉?"

"不像以前那么强烈了,但还是蛮过瘾的。你要知道,我一直没像你抽得那么凶。你还记不记得我们去摩洛哥那年的事?你整整三天都在抽大麻烟,整个人像飘在半空中一样,眼里只有上帝和魔鬼在跟你招手。你就是太急性子了，碰到新鲜的事物就等不及要一把抓。我可不一样，我另有一套自己的节奏。"

"那又怎样？有什么差别吗？"

"它让我有透视的能力。我看任何事情都可以不带一丝情感，所以，我可以看出陷阱在哪里。"

"什么陷阱？"

"所有事情背后都有个陷阱。你和我之所以还在一起，那是大麻的功劳；没尝过大麻的人都以为，开始一段新感情没什么大不了的，可是你看到了没有，世间男女，伴侣一个换过一个，其实都是重复做着同样的事。直到现在，抽大麻仍然对我在床上的表现帮助很大呢。"

"可是，你跟我已经早就没有性生活啦。"

"我是就整体而言嘛！"

"你所谓的陷阱，我还是不懂。"

恩里克刚把领带打好，然后在埃莱娜身旁坐了下来。他先前的自信表情已经不见了，整个人看起来老了不少。他似乎陷入了沉思，过了半响才幽幽说道：

"我到现在还是不晓得应该怎么解释，我也不想多费心思去想这个问题，什么大道理都不必了，我都是凭直觉去理解，这样就够了。但是有个最基本的陷阱，我们必须搞清楚了，才能避免坠入其他无数个小陷阱里。你还记得我父亲过世的时候吧？我在他临终前几天去看他，当时他已经什么事都搞不清楚了。他显然已经忘了自己是谁，也不知道自己身在何处。可是，有那么一瞬间，他似乎认出了我，还跟我说了一个秘密。我当然不觉得这么一个秘密就改变了我的一生，我是不来这一套的，不过，我必须承认的是，多年来，这个秘密就像毒药似的纠缠着我，大麻帮助我理解了其中的道理，只是它没教我如何解释就是了。"

埃莱娜看上去很害怕，但还是忍不住问道：

"他到底跟你说了什么？"

"他告诉我，我去看他的前一天，他偷偷地自慰了，在那次的过程中，他脑中的性幻想还是跟当年第一次自慰时一模一样。说完，他沉默了一会儿，又补充了一句：'其实，我每次自慰的性幻想对象都是同一个女人，只略微有些差异。'你发现了没有，一个人一辈子会有几次自慰？几千次？几万次？还是几百万次？我不知道，但是可以确定的是，他每一次都以为自己性幻想的对象是最特别的，也是不一样的，而事实上，他始终都在重复着最初的痴迷。我不知道这件事究竟意味着什么，但是我知道，我的人生已经和以前不一样了，我对自己也因此多了包容，包括我的矛盾，以及我的欲望。"

"我听不懂你在讲什么！"埃莱娜说道，仿佛什么都没听进去似的。

"我换个方式说好了：我父亲的那个告白，让我在一瞬间苍老了。在最坏的意义上，那正是一个人可以成长的唯一时刻。"

恩里克出门之后，埃莱娜坐在摇椅上，突然开始大哭了起来，不是难过，也不是身体不适；她只是觉得疲惫不堪，仿佛所有的器官都决定暂时解除武装，全都缩在一旁休养生息去了。她心想，或许这样大哭一场的作用，和她几天前或几个月前频繁地晕倒是一样的吧。停止哭泣之后，她想到自己还没吃晚餐，偏偏一点食欲都没有。这时候，她思索着自己接下来该做什么。卷一支大麻烟，然后坐在她母亲的摇椅上抽烟、看电视，直到丈夫回来。或者她也可以喝点威士忌，然后吞一颗她母亲留下来的镇静剂。当然，她还可以把侦探社的报告拿出来看。可是，她决定什么也不做。事实上，她觉得这不是她自己的主意，仿佛有另一股外在的隐形力量在帮她做决定似的。她略带讽刺地想，也许她应该感谢她的对比分身，在生命的这一刻，由于某种原因，她决定要照顾她，照顾自己。事实上，昨天如此渴望的大麻，今天似乎没能达到理想的效果。这一切发生得如此自然、简单，就像生命中的其他事情一样。

她决定上床去看书，看累了就睡觉。躺下来之后，她莫名其妙地想起了格里高尔·萨姆沙这个人，这是她曾经深爱过的男人，然后她还想到自己，过去这几年来，她似乎也变成卡夫卡笔下那只奇怪的昆虫了。不同的是，在死去之前，在被别人下毒手残杀之前，她已经开始在回顾过去的景象了。这个念头让她亢奋了起来，她总觉得，如果能让自己成功恢复原形，她就能拥有属于自己的坚固城堡，也会有足够的聪明才智去面对世间的种种恐惧，从此身心自在。

她拿起一本已经在床头柜上放了好几个月的小说，但又情不自禁地伸手打开了抽屉，拿出了母亲的日记本。她一如往常，随便翻开其中一页就读起来了：

> 我这辈子只有一次出国的经验，也是我仅有的一次住旅馆的机会，当时是陪丈夫去法国的波尔多出差。那次，他公司派他去那儿监察一些项目。我们在那里只待了两天，我几乎都留在旅馆里，内部设备非常舒适，反而让我一时不知道该如何自处了。第一天晚上，

丈夫必须出去应酬谈公事，我并不适合一起出席。我记得自己换上为了这趟旅行特别准备的睡衣，等待丈夫回来期间，我仔细打量着旅馆房间的陈设，然后还翻了女儿的法文课本，这是我特别塞进行李箱的，必要的时候，翻开课本就可以学几句法文。那件睡衣有点性感，我心想，出国就该换个样子，把自己变成另外一个人才对。我想，在那儿，我们可以像其他人一样，似乎我们也习惯了在世界各地旅行，过着和那些神色自如、来来去去的人一样的稍微放荡的生活。后来，我进了浴室，定定地望着镜子里的自己，这面镜子非常大，完美地反射出明亮的白光，如此纯白，如此灿烂，就像其他的卫浴设备一样（洗脸盆、马桶、浴缸……），这些卫浴设备简直就像是漂亮的家具。接下来，我做了一件自己也知道是不对的事。

我站在镜子前，抚弄着头发，刷了牙，然后拉下了睡衣的肩带，我看见了自己的胸部，这是我身上最迷人的部位。我的胸部已经不像从前那样（我把过去的青春叫作"从前"），但魅力依旧。我伸手去摸胸部，然后把它稍微往上托起，却在右边的乳房发现了肿块。我吓得冷汗直流，甚至一度差点昏倒，还好及时坐在了马桶盖上。拉上睡衣的肩带之后，我开始盯着墙上瓷砖的图案看个不停。我心里暗想着，说不定是我弄错了呢？可是我不敢再做确认。接着，我思考着肿块的特性、它的大小（它的尺寸大约就像个小橘子或一个苹果），而让我稍感安慰的是，这个肿块多年来在我身体里慢慢变大，我甚至一点感觉都没有；要不是出国，我也不会这样抚摸自己的胸部……如果它维持这种缓慢的增长速度的话，说不定我会忘了它的存在，在肿块变大之前，我早就已经苍老了吧。

情绪平静下来之后，我再次站在镜子前，拉下睡衣肩带，静静地看着自己的胸部，但没去碰它。我仔细地观察着自己的胸部，发现右边的乳头已经有点变形，仿佛内部有个力量在拉扯它似的。我的天啊！我当时真是吓坏了。一个人的身体能够承受多少恐惧？尤其是一个女人！男人的身体是另一种不同的结构，不像我们这么复杂，因此，他们即使到处旅行或做了什么坏事，也往往看不出任何异常。

我在浴室里待了很久，倒是没有晕倒，虽然我一直有这个老毛病，尤其是当我的对比分身埃莱娜酗酒、吃药的时候。我有个奇怪的想法，或许我的对比分身此时正住在另一个相对位置的旅馆里，经历着和我一样的恐惧。我想，旅馆里的浴室是个让人特别容易陷入疯狂的地方吧。一切都是如此耀眼夺目、如此洁净，所有设备都具有柔和的线条，让疯狂的念头得以在上面轻盈地滑行。此外，在高级旅馆的浴室里（便宜的小旅馆不算，去住小旅馆跟回家没什么两样），即使一直光着身子待在里面也不觉得冷。

当我丈夫回来的时候，我已经接受了那个奇怪的想法：这肯定是我的对比分身的问题。我已经在床上躺了很久，却始终无法入睡。起初，我假装睡着，但在他的坚持下，我让步了。然后我们做了那件事，这一生中最美好的一次，甚至比新婚时期还要激情，只是，当年我们却对此激情浑然不知……

每次我的女儿们出国住进旅馆时，我就觉得害怕，尤其是埃莱娜，嫁了个喜欢搞政治的丈夫，偏偏那是她完全不懂的领域，不知道以后会发生什么事呢。

埃莱娜合上笔记本，然后把它收回抽屉里，和其他的笔记本以及侦探社报告放在一起。她莫名其妙地冒着冷汗，整个人直发抖，不知道是因为无助，还是因为恐惧。她蜷缩在床上，盖上棉被，不停地喊着"妈妈！妈妈……"仿佛当年那个做了噩梦的小女孩。情绪平复下来之后，她再次记起沙滩上那件事，以及她找到的那枚钱币，让她不由得和意外在母亲卧室的衣柜里发现日记这件事联想在一起；只是，日记不是宝藏，而且刚好完全相反，然而，这个景象能否逆转，黑暗能否转为光明，或从明亮变成阴暗，关键在于她自己，这就像照片一样，它能呈现过去，甚至逝去的生活，但同样也能重现我们的生命，尤其是我的生命，她下了这么一个结论。

然后，她幻想自己走到浴室，在镜子前重复了母亲的动作，看看自己是否有能力掌控那如同命运的遗产般的恐惧，那一份她必须管理和传承的残酷遗产。这样，她才会永远记住自己的出身，才会不断地进行谦卑的练习，才会时不时地记起，她这个如此明亮、设备完善的浴室（和高级旅馆的浴室一样），是建立在另一个破烂不堪的浴室（和小旅馆的浴室一样）之上的——而那浴室里的设施除了实用之外别无其他用途。

第二部

我开始写下这些文字，无所谓自己叫什么名字，也不管四十三岁的生命该往哪里去。算起来，如果寿命够长的话，这个年纪刚好是人生的中点呢。

最近这段时间，有些复杂的个人私事，一言难尽，也让我不得不面对自己存在的意义。刚开始的时候，我有个体会，但不知该如何去定义这种感受，归纳出来的结论就是：我应该掌控自己人生的方向。的确，我根本不知道该怎么做，即使想学，也不晓得该从何处下手；还有，我对人生的茫然，也影响了自己的身体，各种不同的症状已经开始出现，但当我突然不抽大麻烟之后，这些症状也跟着消失了。不过，相较于抽大麻的种种收获，戒掉它的好处实在太微不足道，至今我仍觉得抽大麻的意义是神圣不可侵犯的，就像开始一段冒险那样，让人收获良多。

我写下这一小段关于自己生命的文字时，就坐在一张舒适的摇椅上，在这张摇椅上，可以看到许多关于我母亲的存在轨迹。在我背后的墙上，一个老式时钟，钟摆摇啊摇的，这也是母亲留下来的遗物，老时钟计算着时间的流逝，但它现在的功能不再是计算人们生命存在的时间，而是督促我持续探索内心，持续自我蜕变。我买了一叠小笔记本，用骑马钉装订而成，和我母亲所用的笔记本非常相似，她去世之后，那些不完整的奇特日记，现在都在我手上了。

我在阅读她的日记和书写我的日记之间平静度日。提到我的日记，其中还有个很特殊的乐趣，那就是我自己花钱请来私人侦探社侦探所写的报告。我聘请的这个侦探，完全不知道自己是在替谁工作。本来，我要他跟踪的目标是我丈夫恩里克，但他到处拈花惹草、钻营邪门歪道的奸商行径，没多久我就看腻了，于是，我前几天打了个电话到侦探社——我们一向只用电话联络，我告诉那个侦探，不必再管恩里克·阿科斯塔这个人了，现在应该把全部心力放在他太太埃莱娜·林孔身上，也就是我自己。

我很少出门，但我蛮喜欢有人事后告诉我，自己上街都做了些什么事。所以，我决定出门散步或购物的时候——不见得每一次都这样，但有时候我会打电话到侦探社去，要侦探来跟踪我。隔天，我就到附近的邮局，我在那里租了个信箱，关于我自己行踪的报告都会寄到这里来。我请的这个侦探是个很主观的人，他在报告中提到的我，有很多是我自己完全疏忽的事情。这一点，不仅让我觉得好玩，而且让我得以稍微重塑并回归独特而坚固的自我形象。如今回头检视过去的烦恼，原因大多是我觉得自己的生命残缺不全，个人的兴趣很琐碎，甚至还做了许多自己不喜欢的事。或许正因为如此，我和女儿之间始终互动不良，她一直把我当作一个冷漠的母亲，没有能力爱她，也无法理解她的问题所在。我无所谓，在我心目中，我母亲也是个不易亲近的人，但我现在发现，过去我眼中的她，其实是她的对比分身。老时钟所显示的时间，它的滴答声，扰乱了我写日记的情绪，每一个跳脱出来的事件，仿佛是极力要拼凑生命的拼图，偏偏图像却是如此模糊。

昨天我去了英格列斯百货公司，出门前还打了电话吩咐侦探社跟踪我。今天早上，我收到了报告，上面是这么写的：

> 埃莱娜·林孔下午五点二十分走出家门，接下来就是她在客户指定日期当天的行踪报告：她一身秋装打扮，但没穿丝袜，我特别注意这个细节，因为我经

常看她的腿，也知道她很久没刮腿毛，我记得她的腿毛已经很长，尤其是左腿，为什么不刮，我也不清楚。我必须承认，我甚至想过，她说不定有土耳其血统，因为听说这个国家的女人喜欢保留毛发，在西方国家，只有男人才会这么做。

好了，提到我特别注意她的腿这件事，就在我确认她没穿丝袜的时候，我发现她的腿毛已经刮干净了。她悠闲地漫步着，一直走到华金·柯斯塔街，然后再往卡斯特利亚纳大道的方向走去，在这段时间里，她没做什么特别的事，不过，从她整体的行为举止看来，确实很怪异，总觉得她有些踌躇不前，仿佛害怕会遇见自己不想见的人似的，走路的脚步又轻又慢，最后终于来到了目的地：位于阿斯卡商业中心的英格列斯百货公司。

在百货公司里，我总算可以仔细观察她了。像这一类的大型商场，人潮众多，跟踪人特别容易，因为你随时可以闪避到人堆里去，或者偷偷地靠近跟踪对象。此外，这个埃莱娜·林孔进了百货公司之后，就摘下了太阳眼镜，从而露出了双眼，众所周知，眼睛会透露出意图、恐惧和欲望，而这些通常不为大多数人察觉，只有那些懂得观察的人才会发现。我必须承认，好几年前，我曾经做过一项关于眼神的研究，研究对象是五个知名的重大罪犯，后来发现，每个罪犯在作案时的狂乱眼神，并没有什么共通点。既然谈到眼神，我就顺便提一下这个研究，以供参考。

我在埃莱娜·林孔的眼神里，看到了一种特别的不安情绪，好像一个人正打算做违背自己心意的事情似的。至于她的黑眼圈，比前几天明显好多了，或许是靠化妆品修饰，或有其他原因，值得一提的是，她的眼神比以往灵活了。我认为，她一旦置身于这类公共场所，可能就会引发她顺手牵羊的病态倾向，确实，这一类的窃盗狂（包括过于沉迷某些赌博游戏，比如宾果游戏），有许多是像她这样的女人。不过，即使我努力想办法近身观察她，却始终没看见她把任何东西塞进皮包里。

后来，她去了女用内衣部，三度消失在我的视线之外，因为她进试衣间去试衣服了。另一方面，我必须远远地观望才行，毕竟这不是男人经常会来逛的区域。如果埃莱娜·林孔已经起了疑心，那只要她在两个不同的地方看到我，肯定就会猜到我是侦探了。因此，我应该脱离她的视线范围才对。

不过，我看她是不可能有机会偷内衣的，因为商品如果没有先消磁的话，出去时安检警铃一定会响，况且，进出试衣间，都要经过女店员检查的。

埃莱娜·林孔终于离开了百货公司，什么都没买，就如我先前提过的，她整个人看起来还是心事重重，好像在猜疑什么似的。我甚至想过，假如她到百货公司是帮忙联系她丈夫的非法生意的话，至少在我跟踪她的时候是不可能达成任务的。而且，我也看不出她有从事毒品交易的任何迹象。像恩里克·阿科斯塔所做的那些非法勾当，他会利用各种手段洗钱也不是什么奇怪的事。

如果客户认为有必要深入调查的话，目前这种零星琐碎的跟踪方式势必要改变，像这么复杂的个案，或许还需要额外的特别调查，才能揪出更高层级的涉案人员。

跟踪行动于晚间八点十五分结束，埃莱娜·林孔依旧是平静地散步回家的。只是，就如先前提过的，她似乎一直想打探些什么，好像知道自己已经被监视了。因此，我的行动就更加谨慎了，而这项任务，看似既平常又简单，其中却充满了无数的琐碎难题呢。

尽管我有强烈的意图想要提笔，但还是好几天没办法写日记，而且我总觉得怪怪的，好像不写日记自己就不存在了一样。我母亲是不是也有同样的感受呢？自从开始写日记之后，我就深深地为此而着迷。我知道，日记其实就像简略的示意图，顶多就生活中比较特殊的事情稍做叙述罢了。然而，在我的想法当中，日记等于生命。我曾经看过一篇文章，里面提到有些人常搞不清楚某个区域在地图上的正确位置；或许，我这几天发生的情况正是同样的茫然吧，或许，我因为茫然，所以觉得自己的过去从未存在过。

可是，事实并非如此。我一直活在地狱里，想要逃脱，却身不由己。我的日记开头曾经提到了掌控自己人生的方向，因而展现了难得一见的开朗情绪，但这种开朗在六七天前完全粉碎了。恩里克出门吃晚饭去了，我留在家里，因为电视上要播放我很喜欢的一部电影。但我犯了一个错误：点燃了一支大麻，想要更好地欣赏这部电影。刚开始一切都很美好，电影有一种很特别的风格，我也很享受抽了大麻之后思路四通八达的感觉。然而，过了一阵子之后，或许是因为姿势不对，我开始觉得胸口有一股强烈的压迫感。我以为是胀气堆积在上腹部所造成的，但是变换了姿势之后，压迫感未曾稍减，随即有一种好像透不过气来的感觉。我走到阳台上，张开嘴巴大口呼吸，但是吸进去的都是湿湿黏黏的空气，怎么样都无法顺畅地通过支气管。我拼命猛呼吸，仿佛我的肺已经不见了似的，生命正在倒数读秒……

我忘了自己刚刚抽了大麻烟，一时疏忽，竟然服下了一颗镇静剂，没多久，我就发觉胸闷的毛病大概会因为晕倒而获得解决了。还好，我及时回到了卧室，赶在失去知觉前倒在了床上。我在两个小时后醒了过来，满身大汗，体内隐隐作痛。恩里克还没回来，电视还是开着的，屏幕上正播放着一部原文发音的电影。我去了洗手间，却什么也拉不出来。这时候，我想起母亲在她的日记里提过，像这种想拉又拉不出来的状况，她称之为封闭式腹痛，我猜想自己的毛病就是这个了。就在思索这种疼痛的名称时，情况似乎略有好转，因此，我走到客厅去，把电视关了，也把通往阳台的门关上。然后，我脱了衣服，带着一种难以承受的无助感上床睡觉。我想起女儿梅塞德丝，也想到丈夫恩里克，仿佛他们两人已经永远从我生命中脱离。我的人生，看来是残缺不全，而且一无是处了。我想，过去的二十年里，我一直拒绝碰触各种形式的情感，却没有想过，每一次的冷漠无情，就意味着生命多了一处残缺。悲伤的情绪毫不留情地打击我，然而，我却欲哭无泪。于是，我开了灯，拿出母亲那叠日记里的其中一本，后来，我找到让我感受特别深刻的一篇，内容就像是为我而写的，也为了这一天晚上而写：

关于人体的论述何其多，但是大家未必都知道人体的起源或它的各项功能。有些人一直拿不定主意，到底该把它比喻成大陆，还是当它是小岛，大概是因为人的身体既有大陆的复杂，也有小岛的孤独。人体是如此古老，我们甚至能将它比作历尽风霜的大陆，逃过冰蚀、地震等灾难而幸存至今。我望着自己的身体，一丝不挂地瘫在床上，我看到的是：一具外观丑陋的躯体，腹部已经故障耗损，更往下一点，在两腿之间，我看到一丛枯草般的毛发，里面藏了个小洞，这个小洞，有时通往爱欲欢愉，有时通往痛苦深渊，但多半是与绝望相连。而眼前最接近视线之处，则是这片大陆最荒芜的地区，也就是我们所谓的胸部。在我的胸部里面，住了一个神秘的肿块，从内部吸着我的其中一个乳头。我还没把这件事告诉任何人。假如我们去挖掘这个躯体，慢慢将身体切开来，我们将会发现里面的器官也已经老旧不堪，而且使用过度，只要其中一个器官不管用，全身都会受苦遭殃。这片大陆是谁的？谁住在里面？里面住着痛苦、魔鬼和恐惧，还有复杂而孤独的五脏六腑。

读完这一段之后，我把笔记本收回抽屉里，然后点了一支烟，让自己舒服一点。我的身体，就像我这张脸一样，和母亲非常相像。体内那股痉挛似的痛楚已经停止，身体放松之后，我不知不觉就睡着了。至于恩里克什么时候回来的，我完全不知道。

隔天，封闭式的腹痛似乎打了开来，我丝毫不费吹灰之力就解决了排便问题。我的身体已经好几个月没有这样善待我了；通常不是紧张压抑，就是一发不可收拾。但即使是如泄洪似的排泄出来，我总觉得还是有东西留在体内。我甚至想过自己可能有肿瘤或溃疡——总之，我这个身体真是诡异得可以——那种不舒服的感觉，简直就像身体里装了什么奇怪的设备一样。

至于我丈夫恩里克，我想他开始用奇怪的眼神在看我，仿佛他已经发现我体内的变化似的。但我想他并不会因此而担心，因为他自己的生活已经非常紧凑了，根本不会有时间管家里的事情。我并不是说他对我不闻不问，只是我想他所有的感情都放在别的地方了（他的工作、他的情妇、我们的女儿……），留给我的空间所剩不多。再说，我这几年确实也没花什么时间在他身上，我们之间的关系也变得越来越奇怪，不能说是令人讨厌，但即使碰到生命中的关键时刻，也不可能从中获得任何支持的力量。我想，他应该满心期待着我们的女儿梅塞德丝赶快怀孕吧，只是，我们从来没谈过这件事就是了。

自从天气开始暖和了之后，我经常会起个大早，有时候，我们也会一起吃早餐。通常我们之间不会有什么交谈，即便开口了，谈的也是日常的琐碎问题。偶尔他会试图借着改变话题来套我的话，看看我是否藏着他不知道的秘密。前几天，他说要带我出门旅行，但我并没有确切地回复要去或不去。每年只要夏天的脚步近了，他就会开始有点紧张，因为他总觉得计划出游这一类的事情是他的义务，偏偏他又一点兴趣都没有。我认为，他应该是很想跟女儿、女婿一起去度假吧，但是中间又夹着我，问题就变得很棘手。

"离暑假还有两个月呢。"我告诉他。

"但是我怕今年夏天可能连一个星期的假都排不出来呢,"他答道,"所以我才想趁现在这时候先带你出去玩一趟。"

"你不必操心,"我告诉他,"反正我今年也不太想出去玩。"

"不管怎么样,我这一趟是出差,非去不可,你如果跟我一起去,我们俩就趁机度个假吧。"

"我不晓得呢!"我说道,"要去什么地方呢?"

"布鲁塞尔。我必须去处理一些公事,但是会有一点闲暇可以出去走走。我们可以去布鲁日、安特卫普,也可以去荷兰。现在去正好,天气晴朗,就是湿气重了点。"

"我不知道,让我再考虑考虑吧。"

我后来问他,他到底要去处理什么样的公事,但是我听了半天,就是没听懂。听起来好像是要去收取佣金,又像是去付佣金;这一类的事情,通常就只有"混乱"两个字能形容,因为这样,我忍不住要尖锐地讽刺他几句:

"虽然我是个平常不太看报纸的人,但是从你这番话听起来,搞贿赂这一套似乎已经成了你的业务范围之一啦!"

他面不改色,把吐司放进咖啡里蘸了一下,然后送进嘴

里,慢慢地嚼了几下之后,说道:

"你所谓的贿赂,所有的地方都有这样的事,到处都有。而且,不搞贿赂这一套,什么事情都办不成。最重要的是,你必须搞清楚应该打通整个系统里的哪个关节。整体而言,不管层级有多高,贿赂不但不是坏事,而且人人都爱。我们如果换个角度逆向思考的话,贿赂也体现了某种程度的真诚。"

他的论调并没有激怒我,倒是让我开始思考自己的身体,这也算是一个系统,而且我必须承认,借由食物去贿赂它,满足了消化系统的需求,也让我们得以行动和生长,虽然终究还是免不了死亡。接着,我也想到了疾病,尤其是我母亲的病,她把它当成秘密似的隐瞒这么多年,甚至活得比我那身体一向很硬朗的父亲还长寿。她那个位于胸部的肿块,或许让她免于罹患其他更严重的疾病。我曾经在一篇文章里看过一个说法,经常处于生病状态的身体,就如同长期腐败的社会,反而能够防止器官遭受更严重的疾病的长期寄生。是这样吗?我也不知道。

好几天前,我搭上一辆出租车之后,司机跟我谈起他突然失去记忆的事情,他说自己忘记的不是街道,也不是家人,而是自己。

"我知道,"他对我说道,"我跟所有的人一样,曾经是个小孩子,也有过青少年和青年时期,问题是,我已经完全不记得当时的自己是什么样子,也不记得当时自己对生活的看法。"

"那么,您觉得现在的生活怎么样呢?"我问他。

"关于现在的生活,已经不是记不记得的问题,而是我根本就没有任何想法。我要讨生活、过日子,运气一直不太好,还好各位乘客先生女士们很帮忙,因为只要跟人聊天,我就不会去胡思乱想了。这半个月来,我已经好多了,在此之前,我偶尔会随便找个地方停车,然后自己在车子里绝望地大哭一场呢。那时候,我每天的领带都是歪的,呼吸也不顺畅,好像自己根本就没有肺一样。医生给了我一些安眠药,现在总算熬过来啦!"

§

前几天,我终于去了墓园,而且打了电话叫侦探社侦探跟踪我。我也可以讲述自己做了什么事,但是我相信由他在报告里叙述会更好,以下就是他所描述的内容:

昨天是十八日，星期二，埃莱娜·林孔早上十一点半走出家门。天气简直和夏天没两样，因此她穿了件有点轻薄的连衣裙，赭红色，领口敞开着。她进了住家附近的一家咖啡馆，然后坐在吧台前边喝咖啡边抽烟。她整个人看起来气色好多了：黑眼圈变淡了（不过她到街上还是戴着太阳眼镜），而且仪容打扮也比以前用心。我的意思是，她这次还涂了点口红，长发也整齐多了。像她这样的年纪，未必适合留长发，不过，她的长发倒是让她有一股神秘感。真是件令人好奇的事，在此之前，我一直只当这名女子是业务上的跟踪对象，但突然间，她似乎已经开始有了一种不可言喻的特质。

事情是这样的，她后来搭了一辆出租车（她有自己的车子，但几乎从来不开），直接去了墓园。她在一座座独立的墓碑之间缓缓漫步着，最后驻足在两座凸起的小丘前，据我后来的查证，那正是她父母的安息之地。她在那里停留了十到十五分钟，接着就往回走到了出口处。我费了好大一番工夫才得以躲藏在暗处，因为那是个人烟稀少的荒凉地区，要找个隐秘的角落还真不容易。

她坐上出租车,在她家附近下了车,然后在街上闲逛看橱窗。我在上一次的报告里提到,埃莱娜·林孔有可能涉足她丈夫的某些非法生意;然而,我现在倒开始认为,她纯粹是个寂寞无聊的女人,偶尔出门逛逛街,免得在家里闷得发慌。从她的各种行径看来,除此之外,没别的可能了,虽然她的行为举止确实有些怪异,因为她逛街从来不买东西、不看人,也没有特定的目的地,除了去墓园那一趟之外。回家之前,她在楼下的酒吧吃了点心。这就是她这一天所有的活动了。

这篇报告写得非常简单,说实在的,我也没做什么值得一提的事。为了让他有事做,我刻意散步了很久,因为他可是我花钱请来的,况且,知道有个人必须在后面跟踪你时,在街上闲逛其实是件蛮愉快的事。我心想,如果我在哪个路口昏倒了,我的侦探一定会过来照顾我,直到我恢复意识为止。我很想看看他长得是不是和我想象的一样,但他一直躲得很好,在墓园里,我两三次回头张望,却从来没看到有人在跟踪我。

另一方面,他在这篇报告里对我的观感似乎稍有改变,因此，我打了电话给他。

"您最后这篇报告写得非常简短啊！"我向他抱怨。

"是啊，我也知道，"他答道，"可是，实在没别的事好写了。她真的只做了我在报告里提到的那些事。"

"我们有种感觉，您好像开始对这名女子有点着迷了；谈论她的语气已经不一样了。"

他沉默了半晌，但很快就做出了反应。

"是有可能，"他说道，"像她这样的女子，轻易就会让人心生怜悯的，尤其再看看她丈夫那个德行！说实在的，我认为她和恩里克·阿科斯塔的生意毫无瓜葛。我倒觉得她是活在自己的世界里，因为她连女儿都不去看呢。"

"您怎么知道？"我说道，"这些人背后常有出人意料的内幕。"

"那么，我需要继续跟踪她吗？"从他问话的语气，不难听出他其实很想这么做。

"目前还不需要。我会再跟您联络。"

这个侦探似乎有着相当程度的敏感，我从来没想过这种行业也会有像他这样的人。我居然把自己的落寞表现出来了，这让我不禁想，乍看之下，我的生活的确是缺乏寄托。我丈夫以及我认识的其他人，他们在生活里都有一些寄托——而且还非常相似，就因为有这些寄托，他们得以证明自己的身份地位。我呢？我有什么可以证明自己是谁？我有的就是这本日记，还有我试着想戒掉的大麻；或许摇椅和时钟也算吧。还有什么？我有个已经去世的母亲，依然栖身在我体内消化系统中的某个器官里。虽然说来让我觉得有点好笑，但或许也可以把我的对比分身算在内吧，或许，她也叫埃莱娜，而且还是我母亲的对比分身的女儿呢。

我母亲的生活也没什么寄托，她有的只是酒、日记和身上的那个肿瘤。在那些失眠的夜晚，她又是如何看待她的肿瘤呢？她和肿瘤之间是何种关系？我随意翻开她的日记，看到的是这一段：

人生的各种酸楚当中，死亡并不是最难熬的。最糟糕的是活得完全没有自我，就像我这么多年来过的日子。自从我搬到这座不存在的城市之后，生活就失去了自我，而这座不存在的城市却有个名字，叫作马德里。马德里并不存在；它只是病魔缠身后服用药物而引起的幻象罢了。我们所有在马德里生活的人都不存在。但这并不妨碍我们走路、买水果或到银行去开户。昨天，我沿着洛佩斯·德·霍约斯街往下走，然后转进马塞纳街，看到的尽是破裂凸起的路面，好像是什么过敏似的。我也有两种过敏，不但没惹什么麻烦，我还跟它们达成了协议，直到如今，我们一直相安无事。不过，我的口臭问题还是没解决，而且我已经没胃口了，什么食物都无法引起我的食欲，因为我知道吃了东西就会不舒服。因为身体这些毛病，我已经开始不太整理家务了，想到这一点，我心里就觉得不安。我已经十五天没有清洗浴室的瓷砖了，有时候，我觉得自己体内的肿瘤变化，似乎和家里的状况息息相关。如果家里很脏乱，肿瘤就变大；可是当家里窗明几净时，它似乎就缩小了。我曾经在一本《美德书》里读到，有些女性已经开始疏于整理家务，情愿在街上闲逛，要是搭上了陌生男子，就到脏兮兮的小旅馆去开房间。关于这一点，我希望教导女儿们拥有爱家的美德，尤其是埃莱娜，不过，我想我的教育并没有成功。

　　提起埃莱娜，我记得她小时候曾经跟我说过她做过的一个梦。她梦见我们全家到海边玩，她在沙堆里发现了一个洞，洞里有一枚钱币。她知道自己其实在梦里,但是钱币是如此坚固、如此真实,于是,她心想只要右手紧紧地把它握住,醒来的时候,钱币一定还会在她手上。但是,钱币后来当然是不见了。因此,那天早上,我们到海边去了,我在沙堆里偷偷藏了一枚钱币,接着,我告诉女儿:你去沙堆里挖一挖呀,说不定你会找到梦里的钱币呢!她去挖了,也找到了那枚钱币,却也吓坏了。唉!这该怎么说呢。现在我要去清洗浴室的瓷砖,否则等一下又懒得动了。

读完这一段之后,我从母亲的摇椅上站了起来,然后走到阳台上。我住的楼层很高,鸟瞰这座城市,就像注视着一具横躺的胴体。这座城市是个看得见的躯体,但是表象未必代表了真相。或许,它并不存在,我们也不存在,就像我在沙滩上找到的宝贵钱币并不存在,道理是一样的。知道事情的真相之后,我不知道自己应该难过还是高兴,因为,如果我那天发现钱币是虚伪的谎言,顶多是个母亲为了让女儿的梦有另一种结局而使用的伎俩罢了。

我每天整理卧室的时候,总会看见住在对面的女人探头到窗外,愤怒地清洗着窗台。令人无法理解的是,她天天在同一时间做着这件荒谬的事,仿佛这就是她的人生一样。总之,她这么做一定有原因,或许她认为自己如果偷懒的话,可能会上街找陌生男人搭讪吧。我也曾经有过这种做家事的狂热,只是尽管母亲那么努力,我现在早已脱离那种日子了。而当我放弃做家事的狂热时,或许我也因此而成了没有标签的人,因为规律地打扫家里,也可以是一个人的生活重心。而我母亲遗传给我的还不只是这个特质,她让我童年的那场梦境成真,其实是提供了和我完全成对比的另一个极端的自我分身,在现实生活和自我世界之间摆荡着。换个方式来说吧,母亲向我展示着狭窄的走道和宽敞的房间,照理说,这将是我安身立命的所在,然而,她同时又把我封锁在这个空间里,甚至把这个世界捣毁、粉碎。她给了我最好的,同时也给了我最坏的,而且两者混淆不清,但她把摇椅和时钟留给了我:摇椅是让我坐下来厘清困惑,时钟则是用来计算我转变的节奏。

已经十二点了。我喝了咖啡,却让我很不舒服,现在竟有恶心想吐的感觉。我还是去把厨房收拾一下好了。

§

我已经好几天没抽大麻了,事实上,有些非常吊诡的现象已经渐渐浮现出来了。我家的家具向来是单调而呆板地摆在那里，最近却耀眼得让人眼睛为之一亮。我的意思是，我看着自己家里的家具，就像在看别人家的东西一样，觉得很新鲜。以前，只有吸了大麻才会有这种感觉，但自从我放弃大麻之后，我的身体和感受已经在不知不觉中渐渐改变了。我凝望着客厅，觉得其中只有两样东西是我的：摇椅和时钟。仿佛命运暂时将我们安置在这里，在我们找到安身立命的所在之前，这个家只是过渡时期的暂居地。有时候，我觉得自己就像个躲在衣柜里的入侵者一样。此外，自从戒了大麻烟之后，我的梦一下子增加了许多。我经常做梦，而且频繁得离谱，不过，我倒是觉得蛮好的。做过的梦，我似乎都能记得，即使梦境令人悲伤，即使悲伤的梦里有我，我都记得。

我这奇怪的感觉还波及了我丈夫恩里克，在我眼里，他像个和蔼可亲的主人，同时又遥不可及。总之，我觉得这地方并不是我的家，和我一起生活的这个男人也不是我丈夫。我说出这些话——应该说我写下这些句子，心里并不好受，因为这等于是接受自己并不属于任何地方或任何人的事实，也没有任何东西或任何人属于我，只有时钟和摇椅除外。这让我不禁想，或许我母亲的灵魂始终不愿离开世间，企图借由我继续抓住她生命中最重要的依靠。这应该就是所谓的孤独吧。这个老生常谈的题目，却没有人说得清楚它究竟是什么。我说，这就是孤独：当你突然觉得自己好像是从另一个不知名的星球掉落在这个世界却不知道自己被驱逐的原因时，这就是孤独。他们只让你带着两样东西来（以我为例的话，就是摇椅和时钟），你得一直把这两样东西扛在肩上，仿佛摆脱不掉的诅咒一样，直到你找到安身立命的地方、恢复之前的记忆为止。孤独，是一种隐形的残缺，却又如此强而有力，仿佛能完全蒙蔽你的视觉和听觉，于是，你被孤立在各种感觉之外，生命毫无寄托，拥有的只是触觉和回忆，你被迫重建世界，一个能够接纳你、你也愿意栖身的世界。文学都是怎么谈孤独的？这又有什么好玩的？为什么世人这么喜欢谈孤独？

写到这里，我刻意去喝了一点威士忌，目的就是希望能让所有的感觉混淆不清，因为，重读前面几行关于孤独的叙述文字，我竟是满怀恐惧，或许，也有点自怜吧。想象一个因为恐惧而看不清自己、不断逃避自我的人，就像一个想要摆脱自己的影子而奔跑的人一样。

两三天前，我和我弟弟见了面。我先是打电话给他，借此证实自己的生命真的存在，而且他确实也认得我，因为这样,让我得以重新介入人际之间的联系。

我确实存在,而且他也认得我。我们相约喝下午茶,地点就在我家附近的露天咖啡座。我还通知了侦探社,要他们派侦探跟踪我。

我喝的是咖啡,胡安则点了柠檬茶。他忧心忡忡地盯着我看,好像我发生了什么事一样,或许他根本就是害怕吧,仿佛他对我的生命有什么责任似的。

"你一定是出了什么事了,对吧?"他开门见山直接就这样问我。

"不是这样的,"我力图语气诚恳,但同时也保持冷静,"我没事,只是觉得自己怪怪的。表面上看起来,一切都很正常,只是,我觉得自己和原来的生活好像已经脱钩了一样。恩里克和我之间,从很久以前就已经很疏远,至于我女儿,就不需要再跟你多说什么了。我想,我一直是个冷漠的母亲,现在到了付出代价的时候了。过去,我对事业和政治兴趣很浓厚,但曾几何时,我对这两件事已经毫无感觉。总之,我们每个人都有个属于自己的世界;我的世界像是无预警地突然就塌了,因此,当我发觉这件事的时候,已经来不及抓住任何东西了。"

我想,我让胡安陷入了极度为难的处境,因为他一副不知如何是好的表情，仿佛在强调我的故事与他无关，他只愿意以谈论天气的热情来谈这个话题。不过，他的缄默并没有保持太久。

"我呢，"他说道，"一直都不怎么了解你，埃莱娜。至于你丈夫，我也搞不懂。然而，我到现在还记得，有一段时期，你们两个曾经是我心目中的偶像。你们代表了成功的人生。我指的是很多年前，当家里的人都在批评你们过于投入政治的那个时期。算了，我还是别提这个比较好。可是，说真的，我真的不了解你。你向来是要什么有什么：年轻的时候，轰轰烈烈搞革命；现在呢，生活优渥不愁钱。你还有什么好抱怨的呢？"

我弟弟居然如此咄咄逼人，还真把我吓了一跳。一个人永远也无法真正清楚自己在别人眼里的形象，也无法凭空就博取他人的好感，或莫名其妙就惹人讨厌。但无论如何，我和世界渐行渐远的感受似乎越来越强烈了。那就是我的孤独。我停顿了好一会儿才答复他。

"我不是在抱怨什么，胡安。不过，我是真的对所有的事情都失去了兴趣，不知道怎么的，反正就变成这样了。我觉得很孤独，而且我也以为，应该可以跟你聊这件事的。你不用害怕，我并没有要你做什么。"

"我真的不知道是什么孤独,也无法了解你为什么会对所有的事情都失去了兴趣,因为我的经济状况不像你那么好,也不像你有这么多空闲时间。我想,你太关注你自己了。你如果多花点心力关注周遭发生的事情,就不会有时间去胡思乱想了。你说你一直是个冷漠的母亲,既然这样,你为什么不做点改变呢?你从来都不去看看梅塞德丝,她现在一定比小时候更需要你呢!"

"为什么?"

胡安一脸不耐地看着我,仿佛他必须向我解释什么再简单不过的事情一样。他说道:

"我看你八成是最后一个知道这件事的人了。你女儿怀孕啦!"

我隔了好几秒才真正明白这句话的意思,当我意会过来时,我不由自主地轻轻啜泣起来,似乎那是眼睛的某个机械动作。那种感受,我也说不出个所以然,但可以确定的是,这是我这一生中最强烈的感受之一。还好,我的鼻梁上架着太阳眼镜,我想,我的眼泪应该隐藏得很好。奇怪的是,我突然想起来,那个侦探可能正躲在某个角落观察我,我在心里暗想着,真希望没被他看出我哭了。

"谢谢你告诉我这件事,胡安。"我终于平复了自己的情绪。

后来有好一会儿，我们谈的都是些无关紧要的事，胡安对我的态度也温和多了。他并没有正式向我道歉，但从他说话的语气，倒是听得出歉意。接着，我问了他一个问题：

"你觉得我和妈像不像？"

"论外表，你们两个当然很像啦，尤其你今天这样把头发盘起来的时候更像。但是，说到个性嘛，我认为你们一点都不像，妈这么保守，哪像你啊。你们就是因为个性差太多才会经常吵架。"

"我认为妈是刻意要保存她的东西、她的节奏，还有她的习惯，因为她太孤独了，她需要这些寄托，否则一定会疯掉。"

"我说，埃莱娜，我只是个中产阶级的普通人，听不懂这么深奥的大道理。妈有她的个性，就像你有你的个性，我也有我的个性。她是她那个时代的人，另外还有两百万个女人过着跟她同样的生活。"

胡安又开始变得咄咄逼人，于是，我赶紧把话题岔开，随便聊些不重要的琐事。临走前，他很热络地吻了我一下，同时还在我肩膀上紧紧一握，再次表达了他对我的支持。

我本来想直接回家的，但是脑海里尽想着女儿怀孕这件事，而且，我怕自己一个人待在偌大的客厅里，会忍不住大哭一场。再说，我又想起自己请的侦探正在跟踪我，决定就让他跟个过瘾吧。我家附近有个宾果游乐场。我走进去，打算在里面逗留一阵子，好让他能从容地跟踪我。我努力试着让自己别去想家里的事，因为我已经开始怨恨恩里克，恨他为什么不告诉我梅塞德丝怀孕的事。

然而，我才探头看了游乐场大厅一眼，发现每个在里面消磨时间的人都是一副孤独落寞的表情，我立刻跑出了游乐场，因为那里就像一面镜子一样，凝望着镜中孤独的自己，实在沉重得令人难以承受。我精疲力竭地回到家里，肚子居然又莫名其妙地痛了起来。我觉得肚子里有东西，非得排出来不可，进了洗手间，终究未能如愿。

我坐在母亲的摇椅上，心里想着女儿，我那怀了孕的女儿。那个曾经在我肚子里、在我怀里的女孩，已经准备要延续生命的锁链，虽然我并不知道这条锁链将通往何处。这就是生命啊，我心想，这就是生命了。生命不过就是出生、繁衍和死亡；有时候，或许也包括成长吧。在这三件大事之间，间隔着虚无的空间、死去的时间，一种我们早已淡忘的恐怖。

我对恩里克和梅塞德丝的怒气渐渐消退了,最后甚至到了无动于衷的地步。事实上,我觉得自己太悲哀了,反应不该如此激烈才对呀。因此,当恩里克下班回来时,我对这件事只字未提,甚至对他比平常还热络呢。这件事已经无法影响我的情绪了,仿佛我其实是个局外人,因为某种原因而继续做我女儿的母亲。

今天早上,我收到了侦探社寄来的报告。我觉得很好玩,因为他纠正了某些我原来搞错的细节,例如,我点的确实是威士忌,而不是咖啡。总之,内容是这样的:

埃莱娜·林孔今天看起来格外憔悴。根据我这些日子以来的跟踪经验,她的气色始终不太稳定,有时神清气爽,有时却无精打采,仿佛身体一直有病似的。她今天的气色很难看,但这并不代表她就不迷人了;事实刚好相反,她那经常变幻不定的脸色和神情,反而更添神秘的魅力。她把长发挽起来了,看起来比平常更年轻。

她傍晚七点走出家门,然后散步到街口的露天咖啡座。她找了位子坐下来,神情像是在等人,事实上,不久就来了个年约三十五岁的男子,两人互相吻颊打招呼之后，男子也在她身旁坐下来了。服务生送来一杯威士忌给她，男子点的是热茶。

我必须躲在远处观望他们，因为咖啡座上没什么人，我不想被埃莱娜·林孔看见，理由我过去已经提过了。总之，我拍了一张拍立得照片附在信封里，说不定客户用得上。照片中的影像有点模糊，但因为光线的关系，两个人的脸倒是看得蛮清楚的。

我不知道这名男子究竟是谁，但可以确定的是，他在言语上刺激了埃莱娜·林孔，让她的情绪顿时激动了起来，甚至差点掉下泪来。我总觉得她似乎受到某种威胁，已经到了走投无路的地步。或许真是如此，说不定他们正在逼她说出和她丈夫有关的秘密呢。我会做这样的臆测，完全是因为那个男子看起来像个警察！他的衣着像警察，说话的样子像警察，盯着埃莱娜·林孔的眼神还是像警察。

他们在一个小时十五分钟之后分手了。他在道别时的吻颊动作，倒是不太像警察的作风，但谁知道他是不是装出来的。我心想，这个女人气色这么差，也许是有什么心事吧，因为看她走路的样子，而且两只手臂晃个不停，似乎很想摆脱内心的焦躁不安。

或许就是这个原因,她才会去宾果游乐场,希望借此纾解不安的情绪。或者,说不定她是迷上电玩赌博了,欠了很多赌债,已经到了无力偿还的地步。也许正因为如此,她决定改过自新,连坐都没坐下来就跑出去了,坚决的意志力实在令人敬佩。

后来,她步行返家,脸上时而忧虑,时而平静。这种情绪上的变化,我们调查人员从走路的步伐就可以看得出来,一般人即使和她擦身而过,恐怕也无法察觉。

当她走进她家大门时,天色已经暗了。当时已经将近晚上九点。我希望客户将来能够明确指示,我究竟是单纯跟踪就好,还是应该想办法窃听对话的内容。当然,收费标准就不一样了。

我想,这大概是我最喜欢的一篇报告了。我有种感觉,当我陷入艰困的处境时,这个男人似乎也替我担心。附在信封里的那张照片实在令人不敢恭维,事实上,胡安看起来真像是在审问我的警察呢。我们两人看起来一点也不像姐弟,甚至连好朋友都不像呢。这人生,该怎么说呢!

§

　　昨天，我去看我女儿了。我天真地以为自己可以一直对她怀孕这件事袖手旁观，但是，自从我弟弟告诉了我这个消息之后，我就像着了魔似的，最后甚至连别的事都不想了。我一次又一次地问自己，为什么她一直没告诉我，每一次回答自己时的情绪都不尽相同：有时候觉得很难过，有时候却一肚子火，还有的时候甚至觉得这不干我的事。可是，这当然是我的事，因为如果我真的即将蜕变成另一个人，这说不定是最后一件和我原来的生命息息相关的事情了。我也不知道，总觉得自己有点迷惑，这个迷惑还夹杂着许多情绪：忧虑、恐惧、勉强、虚荣，同时也有点好奇，而且还莫名其妙地对自己的未来感到乐观。从某一方面来看，我似乎已经不再是那个家里的一分子，但话说回来，我还是经常觉得，那个家依然是我这一生唯一的归宿。

　　我女儿即将做妈妈了，她却不让我参与这件事，刻意让我置身事外，把我丢在一个即使哭喊也没有回音、即使哭泣也不见泪光的无尽深渊。但我也想过了，如果我没有变成现在这样，或许我和女儿会借由一条无形的线而结合在一起，这条联系生命的线，也许就是我们建立新的生命网络的开始,经过许多年后,每个人都会找到自己的定位。

好了,事情是这样的,我昨天本来是要出门去做点什么的,但没过多久,我发现自己已经在女儿家附近绕来绕去了。我知道,自己还是很想看看她的。都已经来到她家大门口了,我还想着,是不是应该先打个电话通知她,可是,我很怕她会随便找个借口拒绝我。于是,我干脆就直接上楼去了。

是她帮我开的门,但我随即发现,自己这样不请自来,让她不太自在。家里没有别人,因为她丈夫去上班了,女佣也刚走。我仔细地端详她的肚子,但还是跟平常一样平坦。她真是漂亮,她一直都长得比我漂亮,虽然肩膀跟运动员一样宽阔,但只要穿对了衣服就可以把身形修饰得很好。

我进去的时候,她家的电视机已经打开了,但她似乎也不想调低音量,好让我们能够聊聊天。事实上,当我坐在沙发上,面对着电视机,身旁围绕的尽是浮夸贵气的家具,这样的生活格调,和我喜欢的风格相去甚远。突然间,痛苦的情绪涌上了心头。眼前的景象让我觉得似曾相识——或许就是在我自己身上看到的,我知道,这样下去,生命只会步入绝境,没有出口的绝境。我觉得活着实在好累,年复一年,四季更迭,日子天天过。刹那间,我只觉得哀伤莫名，竟然哭了起来。

梅塞德丝试着要安慰我，言语之间却不经意地透露出不耐。

"你为什么一直不告诉我？"我终究还是问了。

"我也不知道，"她答道，"我们很少见面嘛，所以也没什么机会跟你讲。"

我知道，我有足够的理由怪罪她和她父亲这种做法，但我不想这么做，因为我觉得眼前这一幕只会一再重复上演，而且和生老病死或过日子一样痛苦。

我们后来几乎没再多聊，但我们约好了一两个星期后见面，到时候两个人的情绪应该会比较稳定了。我想，我这几天就会打电话给她，请她到外面吃个午饭，看看她是否能够开口向我求助，或者征询我的建议。遇到这么一个难得的机会，我真的很想体会一下自己还是个有用的人。

至于恩里克前几天提到的那趟旅行，是去还是不去，今天晚上，我得做最后的决定了。

§

好啦，我目前人在布鲁塞尔，跟恩里克一起来的。最后，我还是决定跟他来这一趟，看看生命周遭的景致改变了之后，我那种"活得不像自己"的感受会不会也因此而有所改变。我同时也思索着，这次的远行，说不定是我和恩里克独处的最后一次机会，也让我们把这几年来发生的事情谈一谈。

只是，这样的期望在旅途中就消失了，或许也可以说是降温了。在飞机上，我觉得自己只是一团肉球从一个地方移到另一个地方，情绪上完全没有任何变化。恩里克全程都在看杂志和报纸，我呢，从机舱上的小窗子望出去，心里想着女儿的子宫里正孕育着一个小肉球，这团毫无意志力的肉块，终究会被迫长成一个新生命。那新生命将不会有我的这种日渐增长的意志力，这种相较于求死、一心渴望自己能够变成另一个人的意志力。我突然想到，曾经出现的这些肉块，似乎都在定义我的生命：以前是我母亲的，现在是我女儿的，当然还有我自己肚子里的这个，我有种感觉，好像我的身体总是拒绝进行消化作用。整个身体，只是一个装饰品罢了。

昨天，我们去了古城布鲁日。这地方让我想起曾经读过的一本小说，书名叫作《死城布鲁日》。这是好多年前的事，我也忘了是在哪里听到有这么一本书的。总之，它一直默默停留在我记忆中的某个角落,大概是在等待这样一个能让它表现的机会吧。这是一座运河交错分布的城市,在浓雾笼罩下,光洁亮丽的建筑物,全都隐匿在灰暗里了。我暗想着,或许所有在这座城市里徘徊漫游的人,其实都已经死去,只是我们都感觉不到罢了。

我们下榻在希尔顿酒店。离这里不远处有个外国移民聚居的小区,这是我今天早上坐出租车时看到的。所有的人看起来都像是已经死了,虽然身体还在有气无力地移动着。到了酒店,当恩里克在柜台领钥匙时,我看见一个和我长得很像的女人,更让我吃惊的是,她身上穿的那件衣服,我几年前也有一件几乎一模一样的。我把这件事跟恩里克说了,他却说是我想太多了,因为在他看来,我和那个女人一点都不像。他简直就像死尸一样麻木。

我真想念我请的那个侦探。如果他也跟着我们旅行的话,他在报告中描述的所见所闻,一定会和我眼中这死气沉沉的景象截然不同。但我也想过了,如果要他写这一趟旅行的报告,花费实在太高了,所以也就没让他跟过来了。

恩里克希望我们明天一起去安特卫普,但我只想待在酒店里,如果可以的话,不下床更好。说实在的,我开始也意识到他酒喝太多了,而我几乎也都陪着一起喝。

现在已经是半夜十二点半了。我们刚吃过晚饭,恩里克正在浴室里。他似乎刚刚上完了小号。我觉得头昏昏的,但又睡不着。我们刚才整整喝掉了两瓶酒,回到房间后,又喝了威士忌。我好害怕那种躺下来却睡不着的感觉!我到底是怎么了?

他从浴室里出来了。

§

现在已经是晚上了。我在酒店里。恩里克出去和几位高权重的西班牙政治人物吃晚饭,他也问了我要不要一起去,但语气听起来并不怎么乐意的样子,况且,我也想自己一个人静一静。他出门前还告诉我,会想办法弄点大麻回来。或许,我抽点大麻也好;有时候,一支大麻烟就能改变你对现实的观感。但糟糕的是,最近抽了大麻之后,越是我想逃避的事情就显现得越清晰。

今天早上,我们去了安特卫普。还好,恩里克最后决定租车;昨天坐火车去布鲁日,真是让我受尽了折磨。因为闷热和潮湿,我感觉自己血压很低。途中,恩里克下了高速公路,来到一个到处都是牛群的小村子。恩里克笑得很诡异,仿佛要给我什么惊喜似的,嘴里直说着:"等一下,你等一下就知道了。"

好啦,结果我们去的是一个占地非常宽广的工厂,里面隔成一间间的大型冷冻室,看起来就像公寓一样。我进去看了几间,出来的时候已经冻得半死。里面都是体型庞大的动物,我猜大概是牛吧,不是被大卸四块,就是开肠剖肚。冷冻室里有几个身穿白袍的女人,熟练地切割肉块,然后放到自动输送带上。带着我们到处参观的那个人和恩里克以法语交谈,他偶尔会转过头来对我微笑,似乎有意借此弥补对我的疏忽。

大概过了半个小时吧,我突然昏了过去,部分原因是身体受不了,另一部分原因是,我开始觉得自己好像陷入了永远醒不过来的噩梦里。就在我失去知觉前不久,站在我身旁的恩里克,洋洋得意地笑着向我解释,这桩生意,有一半的资本是他的。

"是我们的啦!"他马上纠正道,"我通过一个中间人,在这里投资了很多钱!"

一想到这桩肉品运销生意都是些死尸,虽然是牛肉,我脑海中还是浮现了这样的画面:我们所有在那里的人都成了一群死人，残酷地将其他动物碎尸万段，然后拿这些血淋淋的肉去换取金钱，好让我们自己死得体面一点。我心想，从现在开始，比利时货币在我心目中永远成了死亡国度的货币单位。好了，就在这时候，我觉得自己不停地冒汗，望着那些身穿白袍、头戴白帽、脚穿白鞋的女人，她们看起来就像是一群死气沉沉的护士，摆弄着一堆残缺不全的尸块。接着，我就晕倒了。

还好，车子里有空调，因为我无法待在外面，总觉得外面的空气让自己无法呼吸。

"你一定要去看医生才行。"在前往安特卫普的高速公路上，恩里克对我说道。

"我只是太紧张了，除此之外，一切都很好。"

至于他喜滋滋地向我展示的肉品生意，我只字未提，我也知道，恩里克不会原谅我这种态度的，因为他觉得我根本就不屑于他所做的事情。这倒是事实，我确实很不屑，也毫无兴趣，虽然我也知道，因为他的生意，我们才能过这样的好日子。他之所以那么疼爱梅塞德丝，是因为她崇拜他，而且不断在他面前提起，说他所做的一切都是那么完美。

我们在安特卫普逛了又逛，我觉得没什么好看的。就像昨天在布鲁日一样，我总觉得我们一直像个装饰用的空壳子似的走来走去。不过，我倒是对大教堂印象深刻，因为教堂里面很凉爽，我在长椅上坐了好久。

我刚刚探头到窗外看了看街景，结果看见一个衣衫褴褛的男子，正往我们昨天经过的外国移民小区走去。我试着想象他走进自己的家，看到了他的家人……他会讲什么语言呢？土耳其语、西班牙语，还是法语？他是否真的有个家？他有没有身份呢？有时候，我总觉得身份是个不可靠的玩意儿，它可能轻易就遗失了，就像我们的头发，每次洗头都会掉一些，浴缸一放水，头发就被下水道冲到不知何处去了。因此——举例来说吧，我就不敢一个人离开这家酒店，我怕回来的时候，没有任何一个房间登记了我的名字，也没有人记得我是那里的房客。所以，我会在这里等我丈夫回来，但是他不会回来的，因为事实上根本就没有任何一个人是我丈夫，也没有人叫作恩里克。这时候，我会打电话回马德里找我女儿，但我居然也没有女儿，她是能证明我存在的其中一人。所以我才害怕出门，我怕回来时没有人认得我，也怕自己变成没有身份的人。

好啦，吃午饭的时候，我聊起了梅塞德丝怀孕的事，并责备恩里克始终让我蒙在鼓里。

"我总觉得,我并不是最适合把这件事告诉你的人嘛!"

"是吗?那请问你,谁最适合呢?"

"你女儿啰!我认为由梅塞德丝告诉你是最恰当的。如果她迟迟说不出口,那么她和你都应该知道是为什么吧!"

"突然间,"我说道,"一切都条理分明了,每个人都有自己该扮演的角色,知道什么时候该说什么话。但是,恩里克,在这场戏里,我并没有被分配到任何角色!"

"我们每个人该留在什么位置,是早就被分配好了的,埃莱娜。"

我发现他回话的语气已经透露出些许不悦了,也许,他还在气我为什么对他的肉品生意漠不关心吧,或者,他是想借此机会给我下马威。总之,我决定不给他机会,于是,马上把话题岔开,免得他老是把注意力放在梅塞德丝怀孕这件事上。

我在浴室里待了一阵子,试着把寄宿在体内的那个东西排出,接着我想起了母亲在日记里提过的关于旅馆浴室的话。她说得对:这是个和自己的疯狂想法打交道的最好的地方。这个空间狭小而明亮,却也很脆弱,就像我母亲和我的神经质一样。

其实,我把母亲的最后一本日记带来了,因为我打算在这里读它的结局。我已经拖了好几个星期没去碰它了,我也不知道自己为什么会这样,我想,国外应该会是让这件事告一段落的好地方吧。因此,我马上把这个句子写完,然后开始读母亲日记的结尾:

不祥的征兆已经显现了。多日来,我一直卧病在床,明天就要住院开刀。但是我知道,自己这一去,再也回不了这个家了,因为我的对比分身今天下午来探望我了,当这么稀罕的事情发生时,当日常的平静在这种情况下被搅乱时,那就表示有人即将死去了。我的对比分身埃莱娜,在床尾坐了下来,问我身体还好吗。埃莱娜气色很差,而且只待了一会儿就走了。我告诉她,经过了这么多年之后,我很高兴自己终于认识了真正的她,我还责备她不该喝这么多白兰地,像我每次喝了就不太舒服。

可以的话,我也很愿意多聊一点,可是我就是不想,只有一件事,我还是要提一下:自从多年前在国外的旅馆发现这个肿块开始,我一直小心呵护着它,也很尊重它;说实在的,我对它的关注都得到了回应,而且,它的回应还会纠正我的行为。当我表现不佳,或没把家里打理好时，它就会加速变大。而当我心情愉快、有自信时，它就会停止变大，有的时候我几乎忘了它的存在。或许正因如此，我才把烦恼忘得一干二净，心情愉快。最后，我要讲的是，我今年六十八岁了，只是，我也不确定自己活了这一辈子，是否始终都是同样的那个自己？

阅读母亲日记的最后这一段，看她生命最后的记录，让我激动得哭了。她提到离家住院前一天，她的对比分身来探望她，这个对比分身指的就是我。我还记得那天去看她这件事，当时听说她病情日渐恶化，已经到了很严重的地步，而且，我感觉她已经认不出我来了。事实上，她把我和她自己的对比分身混淆了，发生这样的情况，我先是觉得很高兴，后来却心生恐惧。此外，我想起那天在酒店柜台前看到的那个和我长得很像的女子，说不定，她就是从前的我呢。或许，她是我的分身，或许，她是逃出来的，为的是来宣告我们的死讯：她的，还有我的。

恩里克还没回来，这时候如果有他陪在身边，那该有多好啊！如果他弄到大麻，现在来支大麻烟，也许会让我舒服点吧！

§

恩里克昨天很晚才回来，而且还带着醉意。他发现我把自己锁在浴室里大哭，我看完母亲的日记之后，难过得无以自持。他拿出大麻，然后卷了一支给我，我猛吸了一口，期盼它能加强威士忌的效果，甚至两者混合也行。他问我究竟怎么了，我告诉他，我觉得不太舒服。

"怎么，现在又换哪里痛了？"他很有耐心地问着。

"我哪里都不痛，"我答道，"在你眼前的这个人，只是因为活在地狱里而痛苦，而你却一直都没发觉。"

"我们大家都活在地狱里啊，埃莱娜，可是我们都得自己去承受。你知道为什么吗？因为每个人的地狱都是自己选的，大家只能尽量挑一个比较好过的地狱待着。我知道，有时候你会看不起我这样汲汲营营忙着赚钱，所以你干脆完全不涉足我的生意了，应该说是我们的生意才对，因为你也有份。好啦，因为这份生意，我可以在我喜欢的地狱里过日子，不需要到处跟人抱怨自己有多苦、多可怜。你的问题就在于，你根本不知道你到底想住在什么样的地狱里。好好想想这个问题吧，慢慢来，不急，等你找到答案了再告诉我。我想，无论你要多昂贵的地狱，我都付得起。

在你寻找答案的这段时间里,我们就尽量静下心过日子吧,拜托你!"

"有些事情,"我回应他,"不见得都能跟钱扯上关系的。你跟我以前曾经有过那种很充实的日子。"

"我说,埃莱娜,以前那段日子,我们有的是冲劲,却没有想法。现在,我不但有想法,而且金钱可以帮我实现这些想法,我不会放弃这样的想法和态度的,因为我就是这样的人。你要小心点,当你对人生的想法都变成了完美的理想主义时,到了这种地步啊,大家都知道,这样的人都是活在自己的世界里。"

我不想再谈下去了,因为我已经很清楚,我们是观念完全相左的两个人,但我非常羡慕他,因为他对自己的想法坚定如山。后来,两个人都昏昏沉沉的,于是上了床,而且还做爱了,一股无法理解的激情油然而生。但我在某个瞬间突然顿悟,这股激情之所以产生,是因为我们都知道这是两人最后一次做爱了。而且,我也很清楚,自己再也不会回家了,不是因为我要死了,而是因为我再也不想做一个不像自己的人,我要去寻找一个属于自己的地狱,然后好好地休息。

恩里克已经出门去了,我正在收拾行李准备回马德里,但身边不会有他。

§

解决了现实问题,整个生活可以因此而改观,但我最痛恨的就是处理这些问题。我现在住在一家旅馆里,从布鲁塞尔回来之后,暂时在这里安顿下来,同时也在着手找新公寓。终于找到了一间让我满意的,过一阵子就会搬进去。我临走前留了一张字条给恩里克,大概解释了我离开的原因,但他到现在都还没跟我联络。我也说不上来自己到底喜不喜欢他这种态度。总之,这几天,我细心地打点着自己接下来将面临的现实问题,这也让我稍微思考了一下自己过惯了的富裕生活,不得不承认恩里克的说法是有一些道理的。我不是什么地方都能住,日子不够舒适也不行,因为我已经习惯了这样的生活,但我也不想只顾享受舒适的生活,却不去思考自己是谁、自己的兴趣何在。因此,我在自己的物欲享乐和疯狂想法之间取得了平衡点,为了迈向新生活的第一阶段,我决定让自己少一点物欲,多一点疯狂。

我回到马德里的第一件事,就是打电话给侦探社的侦探，要他每天报告我的行踪。可想而知，这样的报告一定琐碎而平庸，但我不能不看，因为它们不但能证明我的存在，而且有个人这样时时刻刻盯着我，也让我有了外出走动的动力，对于刚要建立自己的人生的我而言，这可是一项极其艰难的任务。我们从来不曾做过自己，这些日子以来，我总觉得面对自己，就像一个雕刻家面对一块等待雕琢的石头一样。

我想，我已经完全戒掉了大麻，或许，应该说是大麻抛弃了我，而这个与大麻决裂的过程，和毅力毫不相干。事情很单纯，我就是不想抽烟了，如此而已。因为戒了烟，我每天早上起床时不再昏昏沉沉的了，喉咙也不像以前那么干燥。事实上，我并不想完全戒掉大麻，因为很多时候我还是很需要它的，不过，我倒是期望未来能和它建立一种截然不同的关系，让强制性少一点。我希望抽烟能让自己心情更好，而不是相反，因为情绪低落，才抽烟。

最近这几天非常炎热，人们看起来都是一副神采飞扬的样子，好像暑假马上就要来了似的。我很高兴今年不用去度假了，如今只希望所有的人都离开马德里，让我一个人静一静，也让我拥有一个属于自己的未来。未来，仿佛是在我体内的胎儿，已经开始慢慢长大了，以后，我也会把它当成孩子似的来养育。这样一来，这一生总算没白过了。

这家旅馆开始让我觉得害怕了。我很少出门，因为我怕回来时没有人认得我，没有任何一个房间登记着我的名字，或是大家都讲着我听不懂的语言。还好，我租的公寓过几天就会修缮完毕，很快就可以搬进去住了。

§

这几天，我的嘴巴老是有口臭，而且一点胃口都没有。但不管怎么样，整体而言，我的身体状况反而比以前好多了。昨天，我到旅馆泳池去游泳了，发现自己的肌肉一碰水就兴奋了起来，好像又恢复到早被遗忘了的好久以前的身体。当我回到房间时，身体非常疲累，却是一种极为舒畅的疲累。我已经多年不曾体会过这种筋疲力尽的畅快了。或许，我应该少喝点酒，可是我长时间待在这个房间里，有时候需要让自己昏沉一下。然而，说来奇怪，我的身材还是没变呢，也许瘦了一点，因为抽大麻总是让我饮食不规律，但大体上来说，我还是维持着十五年前的腰围。关于这一点，我算是得天独厚吧。我认识的好几个女人，酒喝得比我少，但上腹部已经圆滚滚的了。侦探前几天的报告里，正好有一段提到了这一点：

> ……自从离家出走后，埃莱娜·林孔整个人的气色好多了，或许是因为心情比较平静了，或许是比较会照顾自己的身体了。总之，有时候实在很难想象，她已经快四十四岁了，依然还是纤纤细腰……

在他的报告里，经常可见这类与我的身材外形有关的描述。关于我的长相，前不久他才说我的皱纹分布得恰到好处，仿佛是造物者最精彩的杰作。自从戒了大麻烟之后，或许也因为自己不再经常发呆，我开始会想要多保养身体。这毕竟还是个遥远的计划，目前只是有念头而已，不过，有了这个念头，等于就已经开始从另一种角度去发现和身体之间的互动关系。就像我母亲吧，根据我从她的日记所看到的，她顶多只能和自己的五脏六腑对话。我可不一样，我比较喜欢观察皮肤和肌肉的线条。旅馆对面有个公园，有好几个早上，我从房间里望出去，总会看到同样的两个女孩在慢跑。当然啦，她们比我年轻得多，但我在她们身上，竟看到了自己沉睡已久、甚至已经死去的那部分。

说到我的身体状况变好了，那还包括我能排出肠道中的异物。想到这一点,我就忍不住要得意起来,因为在这种身心自在的时候,我终于不再有借口不去面对自己和自己的欲望了。看到这样的自己,我实在没有理由不替自己高兴。把全部心力聚焦在身体上,时时刻刻留意着病痛,要不就是计较着变形的身材,这么做当然有很多好处,但也能让人吃不少苦头呢。

我已经跟我弟弟说好了,他会负责把母亲的老时钟和摇椅搬到新公寓去,另外还有一些我个人的盥洗用品,他也会一并帮我带过去。我情愿找他帮我做这件事,因为我不想和恩里克说话,更不想再踏进那个家一步。

我还是没打电话给女儿。我想,之所以迟迟没打电话,是因为我自己还没有勇气重新面对她。也许,等我搬去新家以后就会好多了吧……

§

我今天收到了一封恩里克写来的信。他特别找人把信送了过来。我想那是让人释怀的信,却也是一封令人哀伤的信,仿佛是在谈一场交易似的。信是这样写的:

亲爱的埃莱娜：

与其打电话，我想还是写信比较妥当，这样才不会让你觉得我在干预你做决定，虽然，这些决定与我直接相关。我从你弟弟那里得知，你一个人住在旅馆里，他还告诉我，你目前过得还不错。

我想，最近发生的这一切，其实跟我无关，也和我们的婚姻无关。无论如何，你是打定了主意要重新思索人生，或是刻意糟蹋人生，总之，你是一意孤行，从来没和任何人商量过。但我不会怪你的。

至于我自己呢——如果你还在乎我这个人的话——我倒想告诉你，不管你以什么态度对待我，我都很愿意尽量帮你。然而，我也希望你能了解，我并不打算逆来顺受，也不可能像在布鲁塞尔那样忍受你的任性。

所以，我拜托你，既然你决定以这样的方式从我生命中消失，那就千万别再打电话给我了，除非你有好消息要告诉我。我也有权利选择我要的生活方式，我想过的是没有悲苦、没有疾病、没有头痛的生活；我更不想谈什么生存的大道理，一天到晚被我们要往哪里去或从哪里来这些问题弄得筋疲力尽。这些大道理，我一点都不懂，人过中年后，我已经对这些问题完全没兴趣了。

尽管如此，我并不是不爱你，虽然我也可以完全抛弃你，正如我能以像头发掉落或长皱纹那么自然的态度去抛弃其他我也很钟爱的东西一样。至于我们的女儿梅塞德丝，她对我们离婚这件事并不清楚，我也没跟她多说什么。或许你应该跟她谈一谈。我必须承认的是，即将成为外祖父这件事真的让我觉得很高兴，尤其我还是个这么年轻的外祖父呢。人的感情总要有寄托的，我想，我会把大部分情感都放在几个月之后即将进入我们生活中的外孙或外孙女身上了。

过一阵子，等你安定下来或情绪稳定一点了，如果你愿意，我们可以好好谈谈，关于离婚的许多现实问题，我都还没动手去处理呢。

我把最后那句道别的话省略了，因为在我看来是十足商业化的客套用语。恩里克的信措辞很冷漠，或许是因为我不值得获取他的关爱吧，反正我是一点都不想回信了，因为我做的其中一个决定，就是此生绝不再和不了解我的人说话，谈再多也于事无补……

§

或许，我和大麻之间的依存关系，正好替代了我和母亲之间的关系吧。我曾经提过，她给了我最好的，同时也给了我最坏的，而且两者混淆不清，就好像总要有人把它们分清楚，而我就是那个人。我和大麻之间的经验很相似，吸了大麻之后，我对现实世界就会有完全不同的观感，而且还能帮助我脱离女人常有的困顿和桎梏，大致而言，尤其像我这样的人，更是难逃那样的命运。大麻烟帮助我认清陷阱，就如恩里克常说的，陷阱总是隐藏在事情的背后，但大麻烟也让我的生活陷入无止境的混乱当中，从这个我完全无法了解的新观感而言，吸大麻渐渐变成了一种自我毁灭的方式。谈起这件事，我不由得心生恐惧，因为我知道自己的情绪并不是非常稳定，有些事情是我一直无法掌握的；而有些事情，总会把我拉回过去的情境。

今天是星期天，所有的人和周遭的一切都透着假日的气氛。我一向害怕星期天下午，因为每到这个时候，生命似乎就中断了，我们习以为常的生活坐标也乱了。如今，我是个没有生活坐标的人了，日子反正无所事事，在我看来，星期天下午倒像是在度假胜地似的。我中午会在旅馆里吃午餐，吃过饭后或许出去散个步，好让我请的侦探有点事做。我经常想到他，想象着他的样子，而且我必须承认，他对我的爱慕之情，在每天的报告当中已经越来越明显，让我觉得晕陶陶的，有时候甚至让我回忆起年轻时那种晕头转向的感觉。散步之后，我就回旅馆看电视，同时也小酌一两杯威士忌。

我想，下个星期我就能搬进公寓了。墙壁已经粉刷完毕，厨房和浴室也已经整修好了。明天，我该去选窗帘了。

§

昨天，我终于上街把新公寓所需的东西都采买齐全了。天气非常炎热，所以我穿了件T恤，搭了一条喇叭裙，裙子非常轻薄，我最近才买的。这样的搭配颇有几分青春少女的味道，不过这样的穿法还蛮适合我的，似乎让我看起来更娇小了。或许我该去修剪头发，干脆换个发型好了。现在这长发，我已经留了二十年或二十五年了，如果剪掉了，想必会很不习惯，但我相信，把头发剪了，整个人一定会看起来更年轻的。

我在市中心逛街，浏览着一排排的橱窗，精心挑选着可以让我在新公寓安顿身心的各种物品。午餐是在一家咖啡馆里吃的，凑巧的是，当我饭后啜着咖啡时，居然响起披头士的歌曲，记得几个月前在另一家咖啡馆吃午饭时，我听到的同样是这首歌。这两次的情境很相似，只是人事已非，我已经不是原来的我了。现在，我是个能够掌控自己生命的女人，尽管技巧还不够娴熟；而我记忆中的自己，却是个凡事依赖别人、总是受别人的意志左右的女人，仿佛就像个机器人，或像是一种能够移动的设备，由一只隐形的手所操作的遥控器支配着。

走出咖啡馆后，我立刻就被歹徒盯上了。我走在塞拉诺街上，突然间，有个二十岁左右的年轻人从一扇大门的暗处冲出来，手上的尖刀抵着我的腹部。然而，就在我正打算把皮包递给他时，一个彪形大汉出现了，仿佛是从天上掉下来的一样，不偏不倚地就在我和歹徒中间。我只记得我吓得拔腿就跑，真后悔没看清楚救命恩人的长相，但我现在知道了，这个救命恩人不是别人，其实就是我请的侦探。今天早上，我请旅馆服务生去把报告拿回来了，上面是这么写的：

埃莱娜·林孔中午十二点走出她暂住的旅馆大门，

悠闲地散步到市中心的商业闹区，然后买了一些家用品。她的穿着非常轻便，一件T恤搭配一条适合青春少女穿的裙子。然而，这条裙子，特别是这条裙子，穿在她身上真的很好看。

从她采买的东西看来，她似乎很渴望尽快搬进她在玛丽亚·莫利纳街租下的公寓，新公寓位于加泰罗尼亚广场，距离她原来的家非常近。有时候，放弃一个自己熟悉的环境比抛弃丈夫更困难。

她在委拉斯开兹街上的一家咖啡馆慢慢地吃着午餐，始终都像在沉思一样。走出咖啡馆之后，她差点就被一个没钱买毒品的年轻人抢劫了，我及时挡在她和年轻人之间，她马上就趁机跑走了，而我的上腹部被划了一刀，接着，我一拳把年轻人揍倒在地。这个年轻人顶多五十公斤吧，揍了那一拳之后，我真后悔对他出手那么重。

接下来，我把埃莱娜·林孔跟丢了，况且，我也必须到医院急诊室去处理我身上的伤口。埃莱娜·林孔可能根本就没看见我的脸，因为我当时背对着她，她既没有时间也没有理由转头来看我，最重要的是赶快逃跑。

我的报告就写到这里，没什么好补充的了，再说，坐着敲打字机对我的伤口一点帮助都没有。

读了报告之后，我打了电话到侦探社，因为想听听他的声音，谈话的时间比我预期的要长，却让我感觉很愉快。

"您的任务呢，"表明了自己的身份之后，我用非常尖锐的语气说道，"并不是在大街上保护埃莱娜·林孔，而是跟踪她，然后向我们报告她的行踪和去处。"

"真是抱歉了，"他很有礼貌地回应我，"当我看到一个人正遭受另一个人的威胁时，我很清楚自己应该怎么做。如果让我重新再做选择，我还是会做同样的事，虽然我受的伤比我想象中的要严重多了。"

"您的报告写得过于简短，似乎有意对我们隐瞒调查对象的行踪。我们也开始觉得，您对这名女子太有好感了，或许，我们必须终止和您之间的合作关系了。"

"既然您都这么说了，"他在电话另一头说道，"那就让我辞掉这份讨厌的工作吧。当初实在不应该接受这样的一件案子。"

"为什么这么说呢？"我刻意换了个温柔迷人的语气，生怕他就这样挂了电话。

· 137

"我就告诉您为什么吧,太太。首先,我不应该为一个从不露面的客户工作;其次,我不知道客户目的何在,所以调查也毫无方向;第三,我们跟踪的对象是个饱受欺负的弱女子,再这样玩下去,恐怕只会把我自己弄得越来越变态。如果她真的在赌场欠下了大笔赌债,那就去找她丈夫要钱吧,他有的就是钱。拜托你们饶了埃莱娜·林孔吧,跟恩里克·阿科斯塔结婚这么多年,她受的苦已经够多了。"

"您已经爱上她了……"我说道,"这么一来,调查就不够公正客观,结果不足为信。"

"让我变得不够公正客观的人是你们啊!再这样谈下去也不会有什么结果的,就请您转告您的老板,我们的合作到此为止,也请您告诉他,我会继续跟踪埃莱娜·林孔,我这么做完全是为了保护她,免得她被你们骚扰。我不知道你们到底是做什么行业的,但是行径如此神秘,看来大概是在做什么非法的勾当吧。你们要是敢动这个女人一根汗毛,我是绝对不会善罢甘休的。"

他话一说完就挂了电话,我在电话这头惊愕得不知如何是好。我会不会也变成故事里的角色之一?我不知道,但可以确定的是,现在要和这个侦探撇清关系,恐怕不是件容易的事。我的脑海突然浮现了一个想法：说不定这个男人早就调查过我的身份，因此，他的所作所为是在为了博取我的好感。

后天，我就搬到新住处去了。

§

我把长发剪掉了，现在顶了个超短的发型，跟我在杂志上看到的年轻模特一样。我每天洗澡都会连头发也一起洗，一会儿就干了。我心想，搬进新家之前，就应该让自己换个样子才对，这样的改变才算完整。

今天晚上是我第一次在新公寓睡觉，做了好多梦，但都是很诡异的事情，实在难以形容，因为毫无连贯性可言，让人不知从何说起才好。以前抽大麻烟的时候，我是不做梦的，仿佛毒品就是梦的替代品，与其说是梦，倒不如说是梦魇呢。我想多等几天看看，然后再恢复抽大麻，或者等我真的想抽的时候再抽吧。

我在公寓里从容地走来走去，仿佛已经在这里住了许多年。我觉得这里的墙壁、浴室、家具，好像都是我自己的延伸，而不是敌对的关系。我觉得很自在，一个人过得很好，情绪有点兴奋，真想知道自己未来几年的生活会是什么样子，变老后的自己会是什么德行，我又会如何定义自己的生命。

我打了一通电话给女儿，目的是想请她来我这里吃个午饭，她却告诉我，明天就要出远门度假了，所以今天得留在家里整理行李。她并不想见我，其实，我也松了一口气，因为我也不知道该跟她聊什么才好。在未来的几个月里，她和我同时都在孕育新生命，但是，我孕育的是自己的重生，甚至是自己的新生，而她怀孕生子，却是一种不断重复的机械式动作，只是跟随其他人的脚步罢了。梅塞德丝还没有意识到她是一个女人，而一个女人如果想活得有价值，她迟早会面对我同样的状况。

我把母亲的旧摇椅摆在阳台边的落地窗旁，看出去就是玛丽亚·莫利纳街，这条街窄窄的，倒是很幽静。我坐在摇椅上，写下了这些文字，说不定是最后一个段落。至少，会是交代我前半生的最后一段文字了，那段不堪回首的生命，在我找到自己的对比分身的第二天，就已经在布鲁塞尔画下了句点。老时钟的滴答声听起来好温柔，仿佛在告诉我，把自己完全掏空了，正好迎向全新的未来。我们还有一生的时间，不用着急。如今，我觉得身体的不适感已经消失了,正如我在低头时总会留意到自己的长发已经不在了。街上有两个男人在滔滔不绝地争论着,他们正好就站在我的阳台下。这两个人是这个社会的一部分,在这个庞大的机制里,我丈夫恩里克争得了一席之地。这些人,天天活在出人头地的梦魇里。当他们从这个梦魇中醒来时,他们就会知道,我过的日子比他们的好多了。

霎时,阳光竟灿烂得让我睁不开眼睛。刺眼的阳光从落地窗折射进来,简直就像旅馆浴室里那耀眼的白光。就在洒了满室的阳光里,只须臾之间,一团幽暗而美丽的东西成形了,看似鬼魅,却有着女神般温柔而甜美的模样!

孤独，永不灭绝的瘟疫
代译后记

我一眼就在人群中认出了他！

果然如我想象的那般：一派风雅，举手投足之间，尽是潇洒文人的翩翩风度。自信、自在，年过半百的成熟男人，常有这股令人难以抵挡的魅力！盛夏的马德里，在著名的希洪咖啡馆初见胡安·何塞·米利亚斯，我兴奋得像是见到偶像的粉丝！

他的内敛，亦如我的预期。米利亚斯是作家，也是新闻工作者，一个心思细腻敏锐、习惯用笔"说话"的写作者。他不像大多数西班牙人那样，话匣子一开就很难关上。我想，能把极短篇写得利落而精彩的人，说话大概也习惯了不拖泥带水吧！

服务生送来他的威士忌和我的浓缩咖啡。我看看那杯酒，笑说这让我想起《这就是孤独》里的女主人公埃莱娜。

他说，每天清晨天未亮就起床写作，一天该喝的咖啡都在早上喝了，到了下午五点这时候，喝点威士忌，一方面放松心情，另一方面也有助睡眠；因为，他最晚十点就寝。写作者的生活，纪律是最重要的守则。他说自己多年来一直如此规律写作，"恐怕是停不下来了！"

丧母之恸，成就了《这就是孤独》

《这就是孤独》荣获一九九〇年纳达尔文学奖，叙述一位中年女子丧母之后，在痛苦的学习中慢慢完成自我蜕变的过程。薄薄的一本小说，写尽俗世的卑琐和焦虑；我们在埃莱娜身上看见，生命是何其沉重地压迫着我们放弃自我：青春时代投入学生运动，生命俨然只为理想而战；年纪渐长后，一切尽以金钱物质为依归，信用卡简直就成了身份证一样。这本小说，架构简洁，文字写实，却蕴含着一股强大的能量，督促着读者去审视自己的生命。

小说第一页写着："纪念坎迪达·加西亚"。"那是我母亲。《这就是孤独》其实是我的疗伤之作。"米利亚斯说道。遭逢母丧之初，他以为自己会跟所有相同遭遇的人一样，随着时间的流逝，慢慢走出悲伤。但事实不然。

一九八六年出版《在你的名字里失序》之前，米利亚斯的情绪已经陷入低潮却不自觉。他得了一种名为"安东综合征"的心理疾病。安东综合征的症状是患者处在失明状态却不自知,听起来似乎很不可思议,但患者一直活在自己建构的世界里,走路跌跌撞撞顶多只觉得脚痛……"我母亲去世之后,我以为那只是我内心的想象而已,一直无法把它当作外在的真实事件。"那个时候,他没有梦见已逝的母亲,却梦见一整本小说的情节。起床时很兴奋,吃过早餐后就全忘光了,怎么想都想不起来。再梦,也梦不回那本想写的小说。

那一阵子,他开始动不动就昏倒(就像《这就是孤独》里的埃莱娜)。昏厥不是什么大毛病,却让他开始害怕出门。他怕自己在众人面前失态。尽管《在你的名字里失序》叫好又叫座,他却无法站在众人面前接受喝彩。情绪越来越低落,各种不适的症状持续累积。后来,他终于决定求助心理医生,每周二和每周五固定向医生报到。大约就在心理治疗疗程开始的同时,他也着手写作《这就是孤独》。

原来,女主人公杀了心理医生……

这本小说分成两部分:第一部以第三人称客观描述埃莱娜这个女子,第二部却突然改成埃莱娜以第一人称陈述自己所主导的生命。在心理治疗期间写下这本小说，两者应该互有影响和牵动吧？"没错！尤其是第一部，其实很接近病历报告。"米利亚斯说道。

如果第一部是所谓的病历报告，那么，第一部的叙述者应该是个心理医生了？他在哪个位置？我一直没看见……

"在《这就是孤独》里，其实是病患杀死心理医生，抢来了病历报告，然后按照自己的意思把它完成，所以，才会有第三人称转换成第一人称的安排。"

原来，一场谋杀案已在场外发生！而埃莱娜请来跟踪自己的侦探也始终未察觉任何蛛丝马迹。她以为找到了一个可以让她认识自己的方法，但侦探的跟踪报告就像照相亭里拍出来的照片一样：模糊、失焦、苍白，描绘出来的终究是一张假面。

假面之下，孤独正在贪婪地啃食着她的生命……

孤独，像一场永远无法灭绝的瘟疫。

有些人，有时候，将自我封闭在孤绝的内心世界里，反而才觉得自在吧！爱因斯坦曾经这样描述过自己："我不属于任何国家或任何朋友，我甚至也不属于自己的家人。外在的人、事、物，我始终漠然以对。然而，我想封闭自己的愿望与日俱增。这种孤绝的状态，有时确实很难熬，但我从不后悔活在人群之外的边缘世界里。我知道自己失去了什么,但也从中获得了行动和思想上的独立,不需要在他人的偏见中苟延残喘。我不会为了区区几个脆弱的理由就放弃自己精神上的平静。"

人,即使暂时看不清现实的混沌,也要诚恳厘清内心的困惑;一旦"视力"恢复正常了,眼里看到的就是内心的风景。我想,这就是为什么视障的博尔赫斯"看见"的景象,总是比一般明眼人所见要绝妙许多。

二〇〇五年,萨尔茨堡